ワクサカソウヘイ

男だけど、

I'M A MAN, BUT...

SOHEI WAKUSAKA

幻冬舎

男だけど、

装丁　川名潤（Prigraphics）
装画　庄野紘子

はじめに

確かな自分など、いない。

それが、僕の持論である。


人間というものは、簡単に、ブレる。

映画を観て、「つまらない作品だったな〜」と劇場をあとにする。しかしツイッターなどでその作品に対する他の人たちの称賛の声を眺めているうちに、やっぱりあれは面白い作品だったような気がしてきたりする。

「今夜、仕事終わりに焼き肉を食べよう」。勇んで決めて、出社する。仕事中も、休憩中も、頭の中は焼き肉のことでいっぱい。そして退社後、なぜかラーメン屋で麺をすすっている自分がいたりする。

親と喧嘩《けんか》をする。部屋に閉じこもり、「二度と喋るもんか」と固く決意をする。でも、五時間後には、ふつうに一家団欒《いっかだんらん》の夕食の席で親と温かな会話を交わしていたりする。

こんな感じで、人の軸はいつだってぐらんぐらんに、ブレている。

確固たる自分など、どこにもいないのだ。

僕の場合、「男子」としての自分が、折に触れて「女子」の方向にブレることが、ままある。

どういうことか。

たとえば、休みの日。

今日は男らしく競馬に行って万馬券で焼き肉とサウナだ、なんてことを考えていたはずが、気がついたら北欧系雑貨屋めぐりをしている自分がいたりする。そしてそこで小熊のイラストがプリントされたマグカップを買い、家に帰ってそのマグカップに熱《あつ》いココアを注ぎ、あろうことかそれを飲みながら「ふう、美味《おい》しい……」などとため息を吐いたりする。

このように、いかにも「女子」的な行動をしてしまう自分が、時折自分の中に見られるのであった。

そんな僕のことを、周りの人たちは「女々《めめ》しい」「乙女男子だ」「フェミニンだ」などと揶揄《やゆ》するわけだが、どうにもそれらの言葉が自分の中ではしっくりこない。これはただの、心のブレなのだ。自分がブレた瞬間、たまたま心の中にいた「女の子」にフォーカスが当たっただけなのだ。

ん？

つまり、僕の心の中には、常に「女の子」がいるということなのか？

そう気づいた瞬間、なんだか爽やかなものが走った。

この心象現象に、ようやく名前を付けることができた。

そうだ！　僕の心の中には、〝女の子ちゃん〟がいるんだ！

競馬やサウナに行くはずが、気になっていた雑貨屋に足を向けてしまう、謎行動。あれはつまり、〝女の子ちゃん〟のしわざなのである。心の中の〝女の子ちゃん〟が「せっかくの休みなんだから、心に栄養を与えたい〜。可愛いものに触れたい〜」などと騒いだ結果の行動なのだ。

心の中に〝女の子ちゃん〟がいる。そんな男子がこの世には一定数、存在している。

僕もまた、そんな〝女の子ちゃん〟を心に宿している男のひとりである。

そう意識するようになってから、僕は自分の起こす様々なブレ行動に、説明をつけられるようになった。

買い物に行く時なんか、〝女の子ちゃん〟は露骨に登場する。

ビックカメラで新型のノートPCでも買うか！　などと意気込んで出かけたものの、大型電化製品店特有の情報の渦にすぐさま疲労を感じ、気がついたらパルコでサボテンをひとつだけ買って帰る自分がいる。そしてそのサボテンに名前を付けて、小窓の横で大切に育てる。

そう、これが〝女の子ちゃん〟による行いなのだ。

それから僕は占いやパワースポットといった類《たぐい》のものに弱い。

ちょっと怪しげなスピリチュアル情報にも、すぐさま食いつく。

心が弱っている時は、デパートの一角にある占いコーナーを目にするだけで「ちょっと相談してみようかな……」などという気になる。

男友だちの前では「女って占いに目がないよなー」とか言ってるのに、なんのことはない、自分もひとりの時は占いに目がないのである。

これも、〝女の子ちゃん〟によるものである。

カメラに凝っていた時期は、ひたすらランチを撮っていた。さらにはラテアートや猫、雲なんかもバシバシ撮影し、ひとりで悦に入っていた。これも〝女の子ちゃん〟を心に宿しているからこその、所業である。

これは僕の男友だちの話。彼を飲み会の席で観察していると、最初は「今日はどんどん飲んじゃうよ」などと酒豪アピールをしているのに、やがて酔いがまわり始めるとカルアミルクかカシスオレンジを注文、親の仇《かたき》であるかのようにそれらばかりを飲むようになる。そして急に恋の話や最近飼い始めたミニチュアダックスフントの話ばかりをするようになる。

彼が「カルアミルク、ひとつ」と言い出す時、それは彼の中の〝女の子ちゃん〟が目を覚ました瞬間なのだと、僕は勝手に睨《にら》んでいる。

あなたの周りにも、こんな男の人がいることに、心当たりはないだろうか。

・男だけど、可愛い文房具にこだわる。
・男だけど、パフェが好き。
・男だけど、小さい缶バッジを胸につける。
・男だけど、すぐ自撮りをする。
・男だけど、すぐ単館上映のフランス映画を観に行く。

・男だけど、スキンケアに熱心。
・男だけど、女性の友だちしかいない。
・男だけど、カワイイ雑貨が好き。
・男だけど、西島秀俊にちょっとドキドキしている。
そのような男の人がいたなら、きっとその彼の心の中にも〝女の子ちゃん〟が、いる。


僕の中にいる、〝女の子ちゃん〟。

彼女は、折に触れて「パワースポットの○○神社に行きた〜い」とか「ベトナムでオシャレな雑貨を買い漁りた〜い」とか「とにかく蛍に癒された〜い」などと騒ぎ出す。

こうして僕は、心の中の〝女の子ちゃん〟を引き連れて、旅に出ることになる。

〝女の子ちゃん〟は可愛いものが大好きで、スピリチュアルなものにすぐ飛びついて、涙もろくて、わがままだ。そんな〝女の子ちゃん〟に僕は翻弄され、上手く丸め込まれ、時には精神そのものを乗っ取られそうになりながらも、なんとか一緒に旅を続けている。


これは、僕と〝女の子ちゃん〟による、旅行の記録である。

目次

僕の心の〝女の子ちゃん〟発見伝

気力がない時、人はどうやって自分を元気づけるのだろうか。

僕は、男である。

元気が足りない時は、やはり男に生まれた以上、男らしく自分を活気づけたいものだ。マムシの生き血をすすったり、『たまごクラブ』をビリビリに破いたり、金閣寺に火を放ったり。そんな荒々しい方法で自らを焚《た》きつけたい。

しかし、そんな想いを抱《いだ》くとすぐさま〝女の子ちゃん〟が現れて、「やだ！　男子って本当に乱暴！　サイテー」などと糾弾してくる。

僕の心の中にいる、〝女の子ちゃん〟。

〝女の子ちゃん〟が自分の中にいることをはっきりと自覚したのは、高校生の頃だった。先に説明しておけば、僕は生まれてから今日まで、ずっとストレートに、男だ。まごうことなき、男だ。

草野球が好きで、プラモデルに何時間も没頭し、変に妖怪に詳しく、知らない人に道を尋ねるのが苦手で、女の子に恋をする。

そんな感じで、プレーンに、男である。

自分が男であるということについて疑うことなどなかった。

男だ男だ、自分は男だ。そんな視野狭窄《きょうさく》に陥っていた自分を、〝女の子ちゃん〟は見逃さなかった。ふとした隙《すき》を突いて、〝女の子ちゃん〟はつるりと僕の中に巣籠《すご》り始めた。

気がつくと、学生カバンの中にポーチを忍ばせている自分がいる。

リップクリームを愛用している自分がいる。

ソフトテニス部で精を出す自分がいる。

下校途中、犬に吠えられただけで「きゃっ」と小リスのような声を上げている自分がいる。

中学生の時分の僕は、まだ〝女の子ちゃん〟の存在に気づけはしなかった。ただぼんやりと「これは自分の中にある女々しい部分だ」などと解釈していた。

高校進学の時、その解釈は、大きく変わった。

男子校に進学しよう。高校受験を控えた一五歳の僕は、そう腹に決めていた。私立の、鉄道高校が第一志望だった。電車の時刻表を見ているだけで一日を潰《つぶ》せる自分にとって、鉄道の道に進むのは「男の花形」に思えた。

ところが、受験シーズンが佳境にさしかかった時、誰かが僕に囁《ささや》いた。

(男子校なんて、やめなよ)

え？　僕は、うろたえた。

(男子ばかりの教室なんだよ？　きっと、水族館のトドの檻《おり》の前みたいな臭いがするよ？)

誰だ、僕に囁くのは、誰なんだ。

(それよりも、女の子が多い高校に行こうよ。きっと、楽しいよ)

やめろ、僕をたぶらかすな僕は男子校に行くんだそこで鉄道のことを学んで車掌さんになるんだ次は巣鴨〜とか言うんだやめろやめろ、と言っているうちに、気がついたら公立の新設普通科高校に進学していた。そこは、学年二四〇人のうち、男子はたったの二〇人、残る二二〇人は女子という、「ほぼ女子校」とも言うべき高校だった。

男子高校に進学した中学の同級生たちは口を揃《そろ》えて「いいなあ、女の子ばかりの学校に入れて」と羨《うらや》ましがった。「嫌になるほどモテるんだろ？」とストレートに聞いてくる者までいた。みんな、楽園を想像しているようだった。

はっきり言うが、女子ばかりの学校というのは、楽園でもなんでもない。

女子校に通ったことのある人だったらわかると思う。女子校内の女子の実の姿は、男子が抱く「女子」への幻想を、ことごとく打ち砕く。

夏の授業中、ノートでスカートの中をバサバサと扇ぐ。

「うんこ」というワードを連発し、ゲラゲラ笑い合いながら、弁当を食べる。

何日間お風呂に入っていないかを、仲間同士で自慢し合う。

リアルな女子の実態が、学校中で目の当《ま》たりにできた。

女子たちは、男子の目など、一切気にしていない。なぜなら圧倒的女性多数社会において、マイノリティである男子たちは完全におまけ、黙殺されて然《しか》るべき存在だからである。


そんな「ほぼ女子校」に、男子の居場所など、ない。

そこはまともな精神では耐えられない環境であり、実際、入学から三か月で四名の男子生徒が自主退学をした。学年の男子の五分の一が夏を前にしていなくなったのである。その高校がいかに異常な世界であったかを、そこから感じ取っていただきたい。

僕自身、「なんで鉄道科男子高校を目指していた自分がこんなところにいるのだろう……」と、入学してからはしばらく、呆然《ぼうぜん》としたままだった。ただ、自主退学するまでの度胸はなかった。

そんな僕のような男子が、「ほぼ女子校」で生き残る術《すべ》は、三つしかない。

ひとつ。「とにかく存在を消して三年間を過ごす」。

女子と目を合わせず、なんなら男子とも交わらず、「化学式でいうならO^2」みたいな存在感のなさで日々をやり過ごす。

もうひとつは、「男子の輪を形成し、その中で生きる」。

男子でひとつの大きなグループの輪を作る。その中で男子同士結束をし、「ドラゴンボールの第三六巻って、ただビーデルが飛べるようになっただけの巻だったよねー」みたいな会話を交わしながら、つつましく「男子性」みたいなものを死守する。

そして残る最後の術は、「自分を女の子に寄せる」。

男子たる自分の身体《からだ》中に巡るフェミニンの血を、最大限に覚醒させる。つまりは、自分が男子であることを部分的に捨て、女子に迎合する。そして女子の輪の中に自然と馴染《なじ》んでいき、女友だちと携帯電話のバッテリーの裏に貼ったプリクラを休み時間に見せ合ったりする。

この三つの術を、僕はすべて試した。

そして、驚いたことに、三つ目の「自分を女の子に寄せる」という術が、最も自分にフィットしていることに気がついた。

最初は愕然《がくぜん》とするより他になかった、その女子ばかりの異界。僕は自分の中の女子成分を濃くしていくことで、次第にその異界を心地のよい場所へと変えていき、高校二年生になる頃には「同性といる時よりも、女性に囲まれている時のほうが落ち着く」という体質へと見事なまでに変貌を遂げていた。

そして、その頃になってようやく、なぜ自分がこの女子ばかりの高校を選んだのか、理解ができた。


きっと、自分の中には、女の子がいる。

その女の子は、女子校での青春を、夢見ていた。

その女の子は、女子の友だちをたくさん、作りたかった。

だからその女の子は、あの時、僕に囁いたんだ。

それだけじゃない。ずっと「女々しさ」だと思っていたモノの正体は、この女の子だったのだ。

僕はやっと、その女の子を発見した。

それからしばらくして、僕はその子を〝女の子ちゃん〟と命名した。

〝女の子ちゃん〟のことを、人によっては「フェミニンな部分」と呼ぶだろうし、「女々しさ」と言い戻しても、まあ問題はないだろう。

でも、やっぱり、〝女の子ちゃん〟だ。

「フェミニン」や「女々しさ」といった既成の言葉にはない、もっと生々しい感じ。普通に、息をしちゃっている感じ。

これは、〝女の子ちゃん〟だ。

発見して、初めて目が合い、〝女の子ちゃん〟は照れくさそうに「ヤダ、見つかっちゃった」とこちらに微笑《ほほえ》んだ。

こうして僕と〝女の子ちゃん〟による奇妙な共同生活、そして旅の日々が、始まった。

〈出雲大社〉思っていたのと違うじゃないか パワースポット

その日、その朝。僕は元気がなかった。

仕事に倦《う》み疲れていた。

早朝になって、なんとか終えた、長い原稿仕事。ノートPCの電源を切ると、その真っ黒になった画面に、己の小汚い青ヒゲ面が映り込む。

QRコードにそっくりな自分の顔面の様に驚き、慌ててPCを閉じた。そしてそのまま風呂場へと直行し、熱いシャワーを全身に叩きつけるようにして浴びた。

こするように顔を洗い、ヒゲを丁寧に剃《そ》る。清潔さを取り戻すと、ようやく心は穏やかになった。

風呂上がり、パンツ姿のまま台所に向かうと、思わず口笛も飛び出す。思いつきで吹いたそのメロディをよくよく辿《たど》るとドリカムの曲だったので、自分に引く。

その恥ずかしさを打ち消すかのように勢いよく冷蔵庫の扉を開き、モロゾフのプリンを取り出し、食べ始める。

この辺りになって、内面に眠っていた〝女の子ちゃん〟がやっとのそのそ目を覚まし始める。
(なんか、疲れちゃったね)
〝女の子ちゃん〟が、僕に話しかけてくる。
(いつも、おつかれさま)
〝女の子ちゃん〟が、僕の労をねぎらってくれる。
(がんばった自分に、ご褒美をあげなくっちゃね)
〝女の子ちゃん〟が、そんな提案を僕に持ちかけてくる。
(どこか旅に出たいな、『ことりっぷ』を小脇に抱えて)
それは、素敵なアイディアだ。
(行くだけで元気になれるところ、ないかな)
プリンの容器を水で洗う僕に、〝女の子ちゃん〟が囁き続ける。
(やっぱり、パワースポットかな)

洗ったプリンの容器を、調理台の上に並べる。容器は窓から差し込む朝日を受けて、キラキラと輝いていた。
そのプリンの容器を収めようと、戸棚を開ける。戸棚の中には、すでに収納されている一〇個ものプリンの容器たちが新入りを待ちかまえていた。

ああ、モロゾフのプリンのガラス容器の、捨てにくさよ。もし僕が、ただの男らしい人間だったのなら。プリンを食い終わった瞬間に窓から道路へとガラス容器を叩き捨て、散らばった破片に右往左往する登校児童を眺めながら「ガハハ」と高笑いのひとつでもするのに。

悲しいかな、〝女の子ちゃん〟を心に宿している僕は「いつかこの容器に、道で咲いてる名もなき花でも生けようっと」などと夢想し、いつまでもそれら容器を捨てられないでいた。

〝女の子ちゃん〟と生きている自分の運命を軽く呪いつつ、戸棚にその洗いたてのプリン容器を置いた。

その瞬間、悲劇は起きた。棚の底板のネジがひとつ外れていたことを忘れていた僕は、よりによって一番重みを与えてはいけない場所にその容器を「ずどん」と置いてしまったのだ。とたん、底板はバランスを失い、大きく傾いた。そしてガラスの容器たちが、滝のように床へと流れた。ドリフの場面転換でかかる「ちゃっちゃっちゃっちゃんちゃかちゃっちゃっちゃんちゃかちゃっちゃっちゃつっちゃっちゃ」という曲が自然と頭の中に流れた。

一瞬にして割れた容器の破片たちが、床の上でまた朝日を受けてキラキラと輝いている。呆然とそれをしばし眺めたのち、ようやく我に返った僕は
「……神も仏もないのか」

と徹夜明けの頭で我が身を呪った。

（そうよ、神も仏もないのよ）

と〝女の子ちゃん〟が鞭《むち》を打つようなことを言う。

（……そうだ、神も仏もないのなら）

だるい身体《からだ》をひきずりながら、ホウキで破片を掃きつつ、僕と〝女の子ちゃん〟は思いつく。

（こっちから神様に会いに行こう）

（それがいい。そうしよう）

こうして今回のご褒美旅の行き先が決まった。

そこは、パワースポットの最高峰、日本中の神々が神無月に大集結すると言われる、島根県は出雲大社《いずもたいしゃ》。

〝女の子ちゃん〟が言うところの、「行くだけで元気になれるところ」である。

〝女の子ちゃん〟は、パワースポットが大好きだ。

パワースポットを目的とした旅は、他の旅とは、醍醐味《だいごみ》のスケールが違う。

しかも今回は、出雲大社。これはちょっと、そこら辺で転がっている旅とは、醍醐味どころか、「格」そのものが違う。仙台に行って、ただ牛タンを食べて駅ビルの観覧車に乗るだけの旅がイワシなら、出雲大社への旅は本マグロである。

なんで魚にたとえたのかはよくわからないが、とにかくJR山陰本線の車内で僕はひとり、これから向かう出雲大社の、その絶大なるパワースポットっぷりを想像して、胸をときめかせていた。


霧に覆われた出雲大社の参道。そこに道標《みちしるべ》のごとく、一筋の光が差している。その光を頼りに境内を目指すべく前へ前へと進むと、男がひとり、立っている。その男は現代には似つかわしくない、「いまにも蹴鞠《けまり》を始めそう」な、平安時代の貴族のような格好をしている。

「道に、迷われたのですか?」

男は僕に、声をかけてくる。

はい、と僕は答える。

「では、私についてくるがいい」

さっきまで敬語だったのに、もうタメ口である。そこに何かしらの畏怖の念を抱きながらも、僕はおそるおそる男のあとを追う。

しばらく霧の中を進むと、ピタッと男は歩みを止める。

そしてその姿が、濃い霧風の中に消えていく。

すると、サッと目の前の霧が晴れ、巨大な出雲大社の本殿が眼前に現れる。その圧倒的な神々しさを前に、思わず言葉を失っていると、さきほどの男の声が聴こえてくる。

「さあ、祈りを捧げなさい。さすれば、あなたの願いは叶《かな》えられるでしょう」

声のする方向を振り向くが、そこにあの男の姿はなく、代わりに一匹の白蛇が佇《たたず》んでいた。

「神々によって、我々は守られている」

僕は、そう直感する……。

以上、JR山陰本線の車内における、妄想である。

初めて訪れる出雲大社への期待感が膨れ上がったばかりに、僕の大脳新皮質は「森山直太朗」状態になっていた。

ああ！　出雲大社で僕は何を願おう！

やっぱり、世界から戦争がなくなりますように？

それとも、お菓子の家に住めますように？

はたまた、タモリ倶楽部の空耳ジャンパーがいつか手に入りますように？

夢想しているうちに願いのスケールがどんどん小さくなっていくのが気になったが、出雲大社に対する熱はどんどん高まり、やがて電車は出雲市駅へと到着した。

ここからバスに乗り継いで、出雲大社を目指す。待ってろ、八百万《やおよろず》の神々！　僕は鼻息荒く、バスへと乗り込んだ。

「きゃー、いよいよ出雲大社ね」

〝女の子ちゃん〟も、興奮を隠せないようだった。


おかしい。思っていたのと、違う。

出雲大社に足を踏み入れて、まず最初の感想が、それであった。

なんというか、想像していた神々しさみたいなものが、ない。

いや、がんばって探せば、神々しさらしきものは、ある。あるっちゃ、ある。

参道脇の松林なんかはそれなりの雰囲気があるし、参道脇の鬱蒼《うっそう》とした松林が作る影は神秘的と言えなくもない。うん、つうか、松林関連にしか、いまのところ神々しさを見出せていない。

あと、本殿が思っていたよりも小さい。いやまあ、近所の神社なんかに比べたら、そりゃあ出雲大社のほうが大きいわけだが、想像していたような巨大さは、全然ない。森ビルに匹敵する大きさだと思っていたのに、これでは拍子抜けである。

それから、異常に参拝客が多い。パワースポットというからには、なんというか静謐《せいひつ》な空気が流れ、しんと静まり返った中で神々の息吹を感じられる場所、みたいなイメージがあるのに、もう見渡す限りに観光客の山である。

「○○町内会御一行様」という旗を持ったガイドさんに先導されて、老人の団体が次から次へと参拝にやってくる。嫌でも老人たちの会話が耳に入ってくる。

「歯槽膿漏《しそうのうろう》だから、昼食は柔らかいものが出るといいなあ」

「赤羽のよっちゃんがやってたスナック、先月潰れたらしいよ」

「孫って、可愛い。はっさくよりも、可愛い」

「とにかくオレオレ詐欺が怖い。あれは、よくない」

そんな会話を前にして、〝女の子ちゃん〟が文句をたれ始めた。
（なにこれ。出雲大社、チョーつまんないんですけど）
まずい、〝女の子ちゃん〟がふてくされ始めている。
（わざわざ島根なんか来なきゃよかった。原宿のｂｉｌｌｓにパンケーキを食べに行けばよかった）

このままでは「ご褒美旅」が「がっかり旅」に変わるのも時間の問題だ。僕は老人の山を避けるようにして、本殿の脇へと移動した。ガイドブックによると、たしかこの辺りに「十九社二宇」があるらしい。

「十九社二宇」。神無月（島根県では神在月）には、全国の神々がこの出雲大社へと集結する。そして、その集った神々たちが宿泊する社こそが、「十九社二宇」。まあ、つまり、神様たちのホテルというか、宿泊施設の役割を果たす社なのである。

神様が寝泊まりする場所、それはおそらく想像以上のオーラに包まれているはずだ。人間が泊まるホテルでさえも、タッチパネルでルームタイプが選べたり、風呂が七色に光ったり、部屋の隅にスロットマシーンが置いてあったりと、いたれりつくせりである昨今。神々のホテルは、きっとその上をいくはずである。それを目の当たりにすれば、〝女の子ちゃん〟の機嫌も直るはず。そう期待を込めて、「十九社二宇」を探した。

しかし、「十九社二宇」とおぼしき壮大な建築物は、探せど探せど、見つからない。おかしい。地図によると、この辺りで間違いないはずなのだが。同じ場所を何度かウロウロした結果、ようやく「十九社二宇」と書かれた看板を見つけ、僕はそこに建っている建築物を目にし、愕然とした。

どう見ても、百葉箱なのである。

なんて小さな宿泊施設なのであろうか。しかも、ボロボロではないか。こんなところに、八百万の神々が一か月もの間、寝食を共にしているだなんて。

「おい、オレのジャージ、どこ置いたか知らないか？」

「痛《いて》え！　誰かオレの足、踏んだろ！」

「B班の人、もうすぐ風呂の時間おしまいなんで、急いでくださーい」

そんな、わさわさとしたマンモス高校の修学旅行的な会話がいまにも聞こえてきそうな狭さ。神の世界でも、いまや人口過密は避けては通れぬ社会問題なのであろうか。

こんな場所に、神々がひしめき合っているだなんて、考えただけでも切なくなってくる。そして、切なくなるとともに、出雲大社に対するがっかり度はぐんぐん急上昇である。

おかしい、なにかが違う。もっとスピリチュアルなものを求めて出雲大社に来たはずなのに、そこにあるのは現実的なトーンの悲しさだけである。

僕は（もう、帰りたいんですけど）とわがままを言い始めた〝女の子ちゃん〟をなだめながら、出雲大社入り口へと戻っていた。なにか、茶屋的なところで、抹茶がブレンドされたロールケーキなどを食べて、〝女の子ちゃん〟の気分を落ち着かせよう。そんな算段を立てつつ、参道を来た道へと戻った。


すると突然、そんな僕に声をかける人があった。

「お兄さん、ひとりで来たの？」

それは、知らないおじさんであった。

煤《すす》けたウィンドブレーカー。見たこともない野球チームのキャップ。歯はタバコで黄ばんでおり、その肌はほぼ一日中太陽の下にいる生活を送っていないとつじつまが合わないほどに、小麦色すぎた。長々と描写したが、一言でいうと、とても小汚いおじさんだった。

旅に出ると、この手のおじさんによく声をかけられる。

おそらくは地元在住の、働いてんだか働いてないんだか、家があるんだかたまに鳩食ってんだか、よくわからないおじさん。こういったタイプのおじさんはなぜかきまって観光地の入り口付近でウロウロしており、目についた観光客のそばに寄ってきては、なんでもない会話をして立ち去っていく。人畜無害の存在ではあるが、旅の思い出に一役買うわけでもない存在でもある。

「珍しいね、男ひとりで出雲大社なんて」

おじさんは、明らかに僕との会話を求めていた。心の中の〝女の子ちゃん〟が

(なんかこの人、焚き火をしたあとの臭いがする!)

と眉をひそめたが、ここは大人として冷静な対応をしよう。

「そうなんです、ひとりで来たんですよ」

「そうか。どうだった、出雲大社は?」

「うーん、なんかちょっと、期待外れでした」

「そうだろそうだろ、最近はスピッツブームで、人がわんさかいるからな」

スピッツがブームだったのは一九九六年に「チェリー」をリリースした辺りだから、おじさんの言ってるスピッツブームというのは、実はスピリチュアルブームのことでは?

と指摘しようかどうか迷っていると、おじさんがそのまま言葉を継いでこんなことを言い出した。

「まあな、ここなんかより、ちょっと先にある須佐神社のほうが、もっとスピッツに溢《あふ》れているよ」

「……須佐神社？」

「そうだ、須佐神社だ。まだほとんどの人が知らない神社だから人も全然いないし、いい場所だよ、あそこは」

「須佐神社、ですか」

「そうだ、須佐神社だ。スピッツに溢れる、須佐神社だ」

おじさんの言っている「スピッツ」がスピリチュアルのことならば、その須佐神社という場所は地元の人だけが知る、穴場のパワースポットということになる。もしおじさんの言っている「スピッツ」が、そのまんまバンドのほうのスピッツだった場合、その神社には草野マサムネやその他のメンバーで溢れかえっている可能性もあるわけだが、おじさんが言わんとしているのは、おそらく前者のほうである。

僕はおじさんに礼を言い、すぐさま須佐神社に移動するため、駐車場近くのタクシー乗

り場に急いだ。去り際、僕の背中に向かっておじさんが
「願いが、叶うといいですね」
と言った気がしたので、「まさかあのおじさん、白蛇……？」と振り返ったら、おじさんは痰《たん》を吐き捨てていたので、見なかったことにした。

タクシーを走らせて四五分、ようやく着いた須佐神社は、圧巻の一言であった。

僕以外の参拝客は見当たらない、境内。澄んだ青空に伸びる一本のご神木の神聖なその佇まいは、僕の心を洗い流す。清らかな小川が神社の横を流れ、まじりっけのないアクアクララのごとき空気が疲れた僕の心身を浄化していく。ピン、と張りつめた、言外の気配が辺り一面に漂っていた。

最高の、ご褒美であった。

（波動が、すごい……）

そのハンパない地のオーラを体感し、思わず「波動」などという今まで一度たりとも使ったことのない単語を漏らす、〝女の子ちゃん〟。全身全霊に、神々の鼓動が訴えかけてくるのがわかり、しばしその場から動けなかった。


と、その時である。

エンジン音が近づいてきたかと思うと、鳥居の先に大型バスが停車。開いた乗降車口から、老人の団体がわらわらと降りてきた。

「はー、なんか出雲大社と比べると、ちっぽけな神社だね」
「お土産《みやげ》屋もないのか。しみったれた場所だ、ここは」
「とにかくオレオレ詐欺が怖い」

境内が、がやがやとポリデント臭い会話によって満たされていく。それとともに、さっきまで僕の目にうつっていた神々しくも澄んだ景色はあっという間に濁っていき、魔法が解けた。

そして改めてその境内を見渡してみた。すると、須佐神社はたしかにちっぽけで地味な、どこにでもある神社にしか見えなくなっている自分がいた。

帰りのタクシーで、運転手さんが
「あの須佐神社はねー、ほら数年前にテレビによく出ていた霊能者、あの人が紹介してから観光地として急に栄えたんですよー。はは、その前までは、猫も寄り付かない陰気な神社だったんですけどねー」
と教えてくれた。

僕はそれを、聞かなかったことにした。

〝女の子ちゃん〟は、須佐神社を出たときからずっと無口だった。「なんか食べたいもの、ある？」と問いかけても返事をしなかったので、僕は〝女の子ちゃん〟をいないことにして、出雲市駅前にあったチェーン店の居酒屋で特に島根名物でもなんでもないチャーハンを食べた。

昼に須佐神社のことを教えてくれたあのおじさんがカウンターで焼酎片手に、ひとりベロベロに酔っ払っていたが、それもいないことにした。

時には女子大生の気分で

一言で〝女の子ちゃん〟と名付けているこの心象人格。その〝女の子ちゃん〟の中にも、どうやら様々な人格が存在しているようだ。

たとえば、僕の男友だちに、深夜突然「いま何してる？」などという「お前はフェイスブックの近況投稿欄か」みたいなメールを送ってくる者がいる。どうも、彼の中には寂しがり屋な、水商売タイプの〝女の子ちゃん〟がいるようなのだ。その水商売タイプの〝女の子ちゃん〟のせいで彼は一度、衝動的に小型犬を飼いそうになったことがあるという。

それから、老婆の〝女の子ちゃん〟もいる。

これは、僕の父親の中に発見した。

僕の父親は、夕暮れ時になるときまって縁側に座ってお茶を飲む。あと、スーパーに買い物に行くと必ず青果コーナーのおばさん店員と話し込む。これはきっと、父親の心の中に、老婆の〝女の子ちゃん〟がいるからだと思われる。

僕の場合、〝女の子ちゃん〟のタイプチャンネルは、ふたつある。

ひとりは、OLの〝女の子ちゃん〟。

彼女の名前は「マサミ」にしている。

僕がお風呂上がりにゼリーやアロエヨーグルトを食べたり、脚のむくみを気にしたり、鏡を見て「あーあ、毛穴が目立つなあ……」とため息を吐いたりするのは、すべて「マサミ」のしわざである。あと、寝る前に時計を見て「今日も五時間しか寝られないや……」とか思うのも、どうも「マサミ」のしわざっぽい。


しかし、僕の中で最もやっかいであり、最も出現率の高い人格、それはやはり、女子大生の〝女の子ちゃん〟である。

彼女の名前は、「チカ」という。

「チカ」はとにかく美味しいものが好きで、占いが好きで、感動屋さんの人格だ。

僕は基本的に、「男らしさ」というものに憧れている。

思春期に自分の中に〝女の子ちゃん〟を発見してからというものは、反動と反発心で、ますます「男らしさ」に対する切望の念を抱くようになった。

日々、男らしく生きたいと願っている。「熊殺し」みたいなあだ名がつくような人生を歩みたいと思っている。口が寂しいときはフリスクなんかではなく道に落ちてるドングリをかじり、野犬を眼力だけで黙らせ、町田康のように布袋《ほてい》寅泰《ともやす》と喧嘩をし野坂《のさか》昭如《あきゆき》のように大島渚とマイクで殴り合う。そんな男らしさに憧れている。
ところが、そんな男らしさに対する憧れを、女子大生の〝女の子ちゃん〟である「チカ」が邪魔をする。

ある日、僕は気持ちが落ち込んでいた。
こういう時、男としてはどうやって気持ちを切り替えるべきか？

「荒川土手で夕日に向かってラッパを吹く」
「猿の脳髄をすすり、『これが一番だ』などと嘯《うそぶ》く」
「焼酎を頭から浴びる」
「エーゲ海をバックに、名前も知らぬゆきずりの女を、抱く」

様々な男まさりのワイルドアイディアが溢れた。そして結果、どうしたか。
あろうことか自分は「美味しいものを食べる」という選択をしていた。

猿の脳髄ではなく、サイコロステーキ（シーザーサラダセット付き）を口にし、その瞬間、心の中の「チカ」が（明日からもガンバロウッと！）とニッコリ微笑んでいたのである。

またある時、自分はちょっと重めの悩みを抱え、悶々《もんもん》としていた。こんな時、男としての解決法は

「大酒を飲んでいびきかいて寝る」
「ヘラクレスオオカブトに八つ当たりする」
「舌噛《か》んで死ぬ」

などが考えられた。

そして結果、どうしたか。

「お茶しながら友だちに悩みを打ち明ける」ことでそれを解決する、自分がいたのである。

あってはならないことなのだが、親友に打ち明け話を終えた時、心の中の「チカ」は（ふう、話したらなんだかすっきりしちゃった）と涙目でくしゃっと笑っていた。

〈鳥取〉ひとりキャンプで見つけろ男らしさ

こんなことでは、いけない。

「チカ」に翻弄されてばかりでは、いつまで経《た》っても男らしさの株を上げることができない。

そこで、男らしさを磨くための、修行の旅に出ようと思った。

男らしさを磨くための旅、それは一体、どんなものがふさわしいのだろうか。

やはり、山でのキャンプであろう。それも、ひとりでのキャンプ、通称「ソロキャンプ」がふさわしいに違いない。

考えただけで、ゾクゾクしてきた。人里離れた地で、ひとり火にあたり、ソーセージを炙《あぶ》っている自分。山の中に響くピイという鹿の鳴き声に耳を傾けながら、ウィスキーの杯と語り合う。おお、なんとカウボーイ。（ええ～、ソーセージなんかより、マシュマロを焼こうよ～。なんなら、マカロンを焼こうよ～）などと駄々をこねている「チカ」の声が聞こえてくるが、そんなものは一切無視だ。

男らしく、思い立ったら、すぐ行動。僕はアウトドア用品の準備に取りかかった。

そして数日後、僕は鳥取県の八頭郡《やずぐん》にて、ソロキャンプを決行していた。

鳥取県は、山陰地方である。この「山陰」というワードの響きが、なんとも良い。なんだか、男らしい。

これが「山陽」だと、「イエーイ！　太陽の光をいっぱいに浴びて、レゲエでも聴きながらジンライムを飲んじゃおう、ウェーイ！」という軟派なイメージを抱いてしまうが、「山陰」という響きには「オレは日陰を生きる人間さ」みたいな、「ポケットには三〇円しか入ってないさ」みたいな、「水道水に岩塩とハチミツを混ぜて自分なりのポカリスエットをいつも作っているさ」みたいな、なんとも言えない硬派なイメージが漂う（当社比）。

そんな硬派なイメージに吸い寄せられて訪れた山陰地方の、鳥取。季節はすでに夏で、山々の燃えるような緑が目に眩《まぶ》しい。

鳥取は、四季が、ちゃんとしている。

たとえば僕の住んでいる東京の四季なんかは、春といえどもアスファルトで塗り固められた地面からは虫が姿を現すことはなく、夏は夏でビルの隙間からぬるい室外機の風が漂うばかりであり、秋はただ単に夏の延長戦、そして冬はごくたまにベチョベチョの雪が降り翌日地面を凍らせたそれがヒールの高いブーツのOLたちを通勤途中にすっ転ばせている、という有様である。まったく、東京の四季というものは、ふざけている。

ところが、これが鳥取の四季となると、実にちゃんとしている。

春は触れたらすぐに消えてしまいそうな薄ピンク色の山桜が里山一面に散らばるようにして萌《も》え、キジの締まった鳴き声がこだまする。夏は大きな太陽の下でオニヤンマが滑空し、小川では子どもたちがアカハライモリを採ることに夢中になっている。秋はどこまでも遠くまでいわし雲が泳ぎ、はらはらと紅葉が舞い落ちる。冬は凜《りん》とした空気が張りつめ、大雪が鳥取砂丘を広大な雪景色へと変える。

鳥取の四季は、このようにとてもちゃんとしている。大学進学後は栄養士の免許を取って将来は公務員と結婚をするという人生設計図を描いている女子高生と同じくらい、ちゃんとしている。

そんな鳥取の、ちゃんとした夏の、ちゃんとした山の中に、僕はいた。

蒸れた草の匂いがたちこめる山道を歩く。気分はすっかり『もののけ姫』に出てくるオッコトヌシ様である。

山の中で手ごろな平地を見つけ、そこにテントを張り、焚き火の準備を整える。米を炊くための湧水を汲《く》んでテントへと戻ると、もうすっかり日が落ちていた。カナカナカナ……とさっきまで山の緑葉を揺らすように鳴いていたヒグラシたちも静かになり、かわりにオケラたちが土の中からさえずりを始めた。

ああ、なんとちゃんとした、自然。なんとちゃんとした、野生。

こんな環境の中で、僕はひとり、キャンプをしている。これを男らしいと言わずして、なんと言うのだろうか。

「チカ」はすっかり鳴りを潜めていた。山に入るまでは（やだー、大きな蛾《が》がいるところで寝泊まりなんて、絶対に勘弁～）などと喚《わめ》いていた「チカ」であったが、山のワイルドな空気を胸いっぱいに吸い込んでいるうちに、僕の中の「男らしさスイッチ」が見事にカチリと入力され、「チカ」の出る幕は完全になくなった。押し黙る「チカ」を無視して、僕は暗闇の中、焚き火の灯《あか》りだけを頼りに食事の準備を始めた。


その時である。僕は急激な便意を催した。

ちゃんとしている夏の鳥取の山奥は、夜になるとちゃんと気温が下がる。気温の変化によって、どうやらお腹《なか》を冷やしてしまったようだ。だが、ここは山の中なので、当然、トイレなどない。

（え、まさか、野糞《のぐそ》するんじゃないでしょうね……？）

黙り続けていた「チカ」が、動揺したのか、ようやく声を発した。

「……するさ、僕は男なんだから、野糞をするに決まってる」

（そんなのイヤよ！　野糞なんて、絶対にイヤ！）

「野糞をする！　この星の一等賞になるんだ野糞で僕は！」

（大きな声を出すわよ、きゃあああああ！　野糞をしたら、大きな声を出してやるんだから、きゃあああああ！）

「もう出してるじゃないか！　まだ野糞してないのに、大きな声を出してるじゃないか！」

僕の中で、「男らしさ」と「チカ」とが大声で喧嘩を始めた。

念のため説明しておくが、これは僕の内面で起きていることなので、もちろん声には一切出してない。当たり前である。山奥の闇の中でこんな狂い落語を展開している者がいたら、それこそホラーだ。

そして、結果的に、その口喧嘩は「男らしさ」が勝利した。「チカ」は再び押し黙り、ふて寝を始めた。周囲のあまりにもちゃんとしたワイルドな環境が「チカ」を臆病にさせていた。

さすがにテントの近くで用を足すのは嫌だったので、トイレットペーパー片手に闇が広がる茂みをかきわけ、手探りで野糞にちょうどいいポイントを探した。そしてなんとか手ごろな場所を見つけると、すぐさまズボンをおろし、一気に用を足した。

自分の「男らしさ」が、ピークに達した瞬間であった。

「チカ」の逃げ出す足音が聞こえた。

僕は全身全霊に満ちた「男らしさ」を味わいながら、ゆっくりとズボンをあげた。ああ、ついに「チカ」を駆逐してしまった。さようなら、「チカ」。僕は明日からキミなしで、ひとり男らしく生きてゆきます。

生まれて初めて、やっと純粋な男になれた気がして、僕は誇らしさでいっぱいになった。と、その時である。せせらぎの音が聞こえた。小川だ。近くに小川が流れているのだ。この状況で小川の流れる音が聞こえるとは、まさに天然の「音姫」。なんだかわからないが、どこまでもちゃんとしているではないか、鳥取の自然。

水の流れの音がするほうに目を凝らした。なにかが点滅している。

それは、一面の蛍のゆらめきであった。

驚いた。いくら鳥取の四季がちゃんとしているからって、ここまでちゃんとした夏の景色まで見せてくれるとは、思いも寄らなかった。

美しく、ゆらゆらと夜の墨の中を流れる、蛍の光たち。

その光は美しく、またどこか死者の霊を彷彿《ほうふつ》させるような妖しさもあり、夏の夜の幻想的な光景を作り上げていた。

あ、まずい、と思った。

蛍ももちろん野生の一部ではあるが、これはちょっと、ワイルドではないぞ。

どっちかって言うと、「チカ」が好きなやつだぞ。

しかし、もう手遅れだった。僕はその蛍の景色から目を離すことができず、じっとそれに釘付《くぎづ》けになっていた。そして、気がついた時にはさっき逃げ出したはずだった「チカ」が舞い戻り、(ヤバい！　マジ感動なんですけど！)と声を上げていた。

それだけではない。「チカ」の周りには「みゆき」や「カオリン」、さらには「チイコ」という、いま初めて知った女子大生メンバーたちまで集まり始め
(チョーすごい！　チョーすごい！)

(こんなの初めて！)

(写メ撮ろう！　写メ！)

(来年もココでみんなと蛍を見たいナ……)

と騒ぎ始めたではないか。

そして気がつくと、自分の頬には感涙がつたっていたのである……。

鳥取のちゃんとした夏の中で、僕はひとり、「男らしさ」をちゃんとできず、いつまでもいつまでも、その蛍のゆらめきを眺めていた。

イタコと四時に待ち合わせ

いつだって僕の「男らしさ」を阻んでくる、「チカ」。

そんな彼女が、大好きなものがある。

それが、占い。「チカ」はとにかく、占いが三度の飯よりも好きなのである。

普段は僕の「男らしさ」の邪魔ばかりしてくる「チカ」だが、この彼女の占い好きについては、妙に僕の「男らしさ」と馬が合った。

僕は幼い時分より、オカルトめいたものが大好きだった。

ネッシーに雪男、UFOに謎の古代文明。男子なら誰もが一度は胸をときめかせた、不可思議でロマン溢れる世界。小学生の頃、僕は図書館でオカルトに関する本を夢中で開き、呼吸をするのも忘れて「深海に潜む海底人、徹底解剖!」とか「宇宙人秘密基地はアメリカのエリア51内に実在する!」といったページを貪《むさぼ》り読み、そして本気で呼吸をするのを忘れて貧血を起こし司書さんに介抱されたりした。

そんな僕の男子的であるオカルト好きと、「チカ」の女子的な占い好きとは、「怪しげなものに対する関心」及び「未知なるものへの興味」という部分で符号がぴったりと合い、がっちりと握手をしていた。


そんな僕と「チカ」が、かねてより夢をふくらませていた旅があった。

青森県の恐山《おそれざん》、そこに存在する、イタコに会う旅である。

僕は、ずっとイタコに会うのが、夢だった。

その夢を抱くようになったきっかけは、祖父の死だった。


僕が一九歳の時、祖父が亡くなった。


あと数日で天に召されるだろうという祖父の病床に、僕を含む七人の孫たちが集まった。

祖父は声を絞り出しながら、孫たちひとりひとりに最期《さいご》の言葉を残した。

「お前はいつまでも優しい子でいるんだぞ」

「お父さんとお母さんを大切にな」

「日々を大切に生きるんだぞ」

祖父の言葉を受け、みんな涙を目に浮かべた。ラストに僕への番が回ってきた。祖父がじっと僕の目を見つめる。僕は祖父の手を握り、言葉を待った。

「…………」

思ってもない事態が起こった。祖父が突然、黙り始めたのである。あれ？　おじいちゃん？　どうしたの？　なんでフリーズしたの？　カスタマーセンターに電話したほうがいいの？　なんとも言えない変な空気が孫たちの間に漂い始めた。

手を握り合いながら、無言でお互いを見つめ合う僕と祖父。このままだと孫と祖父という関係を越え、パリの恋人のようなムードが発生してしまう。だんだんと僕は恥ずかしくなってきた。頼むから早くコメントしてくれ。

「お前は、あれだな」

永遠とも思える沈黙の時間を経て、やっと祖父が口を開いた。

「よく見ると、ホクロが多いな」

予想外の祖父の言葉に、動揺が走った。祖父よ、それはいま言わなくてはいけないことなのか。たしかに僕は「座標か」というくらい顔にホクロが多いが、いまそれを気にしてどうなるというのだ。「お前、よく見るとホクロが多いな」って、それ二学期に普段そこまで仲良くない同級生から言われるような、なんでもないセリフだぞ。

他の孫たちも静かにざわめいている。なぜだ？　なぜホクロのことを？　もしかして、もう言うことがなくなったのか？　準備していたコメントが、すべて尽きたのか？　そんな孫たちの動揺やざわめきを力ずくで無視して、祖父は「孫に贈る言葉」の時間をそのまま強制終了、昼寝をおっぱじめた。

そしてその長い昼寝は二日間続き、気づけば静かに息を引き取っていた。

つまり祖父がこの世で最後に発した言葉は、結果的に「ホクロが多いな」であった。なんともぬるい、死に際のやり取りであった。歯の治療後に口をゆすぐ水よりもぬるかった。


説明が長くなってしまったが、このような経緯から僕は祖父の死後、「イタコに会いたい」という願いを抱くようになった。


死者の口寄せを得意とすると言われている、イタコ。

古代からのシャーマンである、イタコ。


そのイタコに祖父の霊を呼び出してもらい、死に際の本意を、聞いてみたい。

それから他にも、僕には「死者」に関する、とあるモヤモヤとした案件を抱えていた。

祖父が亡くなってから十余年。祖父以外にも、親しい友人を亡くすなど、まあなんかそういった上手く受け止めきれないことが、それなりにあった。イタコの力で、ずっと僕の胸に残っているそんなモヤモヤを解消したい。

そして、なによりも、イタコというそもそもオカルトめいた存在が、僕の男子的な部分を強く刺激していた。

「チカ」も「チカ」で、日本のトップ・オブ・占いの王座に君臨するイタコ占いはいつか必ず体験してみたい、と折に触れて発言していた。僕の心の中で。

ああ、いつかイタコに会ってみたい。

とは言うものの、青森県の恐山に本気で行こうと腰をあげるタイミングはなかなかやってこなかった。そして、深夜のリビングでスナック菓子を食べているときに冷蔵庫が時折うなる「ぶーん」という音に身体をビクッとさせたり、指に付着した灯油の臭いをかいで「くせえ」と思ったり、飲み会の席の思いつきで仲間たちと「沖縄に行こう」と盛り上がって結局行かなかったりしているうちに、月日は漫然と過ぎ去っていった。

そして、ある年の春。とある雑誌の一柳さんという男性編集の人から、こんな仕事のメールが舞い込んだ。

「こんど、うちの雑誌で占い特集を組むんだけど、その中の企画のひとつとして、青森の恐山へイタコの取材に行かないか」

ようやく、時は来た。腰をあげるタイミングが、ついにやってきたのである。

「チカ」も、（雑誌の占い特集って、だーいすき！）と大喜びしていた。

青森の、恐山。

荒涼とした岩山の頂上に、ところ狭しとゴザに座ったイタコが居並び、死者の霊を二四時間体制で呼び出している。

天界と現世をつなぐオペレーションセンターのようなにぎわい。

それが僕の、恐山に対する漠然としたイメージであった。

まさに異界とも言うべき恐山に足を踏み入れる。想像しただけで、胸が躍った。さあ、青森に旅立とうではないか。そして、亡き祖父との決着をつけようではないか。心の中の「チカ」と相談しながら、荷造りをした。それから書店で青森関係のガイドブックを探し回った。ないだろうな、と思っていたら、『ことりっぷ・恐山版』はしっかり存在していた。やはりトップ・オブ・占いの総本山ということで、女子からも人気のあるスポットなのだろうか。

さあ、出発の準備は整った。胸は高鳴る一方、あとは出かけるだけだ。

ところが、である。出発の直前になって、一柳さんからこんな緊急連絡が入った。

「調べてわかったんだけど、どうやら恐山は、現在閉山中らしいよ」

なんと、恐山は冬から春にかけて、絶賛閉山中だというのだ。そして、いまはおもいっきり、春である。

しかも。一柳さんはこう続けた。

「そもそも恐山って、一年間のうち数日しか、イタコが集まらないんだってさ」

なんということだろう。「恐山に行けばオールウェイズでイタコがいるはずさ」などと勘だけで考えていたわけだが、よくよく調べてみたら、恐山にイタコが集結するのは夏の例祭の時など年に数日だけだという。うちの町内会のゴミゼロ運動だって、もう少し活動していると思う。

ちょっと調べればすぐに判明したことなのに、荷造りにばかり夢中になっていた。まったく、僕はなにをやっているのだろう。そして、一柳さんはもっとなにをやっているのだろう。

僕のがっかり感を無視して、一柳さんはさらにこんな追い討ちをかけてきた。

「しかもイタコって、いまはどんどん高齢化が進んでいて、現役の人はほとんどいないっぽいよ」

僕はひどく落胆した。

「チカ」も猛烈な勢いで、落胆していた。

イタコから一方的にフラれた形となり、僕は数日間、無意味に失恋気分を引きずった。会えないとわかったとたんに強く募る、イタコへの想い。イタコのことを考えているだけでご飯がのどを通らなくなり、塾帰りのイタコと偶然会えるのではと近所を徘徊《はいかい》し、いつか見たあの満開のサクラの景色をイタコと一緒に眺めたいUh……などとJ－POPのようなことまで思うようになっていた。

頭の中が、イタコで支配され始めていた。


するとまたしても一柳さんから電話がかかってきた。

「イタコ占いの電話サービスっていうのがあった！」

すぐさまネットで「イタコ」と検索してみて驚いた。なんとイタコと直接喋《しゃべ》って占い鑑定をしてもらえるサービスが、びっしりと検索結果画面に表示されたのである。

そういえば、かつて歯医者の待合室で女性向けの雑誌を開いたら、そこには電話による占い鑑定の広告がびっしりと掲載されていて、驚いたことを覚えている。あとその時、「チカ」が（わー、こういうの一回はやってみた〜い）と僕の胸を騒がせてきたことも覚えている。

電話によるイタコの占い鑑定も、女性にターゲットを絞ったサービスであるようだった。サイトに散見される「貴女《あなた》の恋の悩みをイタコが口寄せで解決いたします」というコピーが、それを物語っていた。

しかし、よくよく考えてみれば、妙な話である。トキよりも絶滅危惧種な気配が濃厚に漂い始めていたイタコと、電話一本で簡単につながることができるなんて。多少の訝《いぶか》しさを感じつつも、一柳さんと相談し、そのイタコの電話サービスを利用してみることに決めた。

次の日。僕と一柳さんは待ち合わせをして、ビジネスホテルへと向かった。普通の場所でイタコに電話しても面白くない。そこでわざわざ、都内の「出る」ことで有名な某ホテルの一室を押さえたのである。イタコ占い鑑定のサイトには「鑑定中に部屋の温度が下がるなどの心霊現象が起こる場合もある」という一文があった。

あえて心霊スポットで電話をすることで、こっちからぐいぐいその心霊現象とやらを引き寄せていこうという算段だ。これはオカルト好きな僕の「男らしい」部分のアイディアである。〝女の子ちゃん〟の部分は、（絶対ヤダ絶対ヤダ、霊とかありえない、やめてやめて、そういう話は朝にして）と頑《かたく》なに心霊的なものを拒絶するので、こういったアイディアは出してこない。占いとか守護霊とか、そういうものには前のめりになって聞き入るのに、本気の心霊の類に対しては鬼のように逃げ回る。まったく、〝女の子ちゃん〟とは不思議な存在である。

ホテルに入る前に簡単な昼食を、とラーメン屋に入った。食べ終え、さあいよいよホテルでイタコに電話だ！　と立ち上がったその瞬間、腰に稲妻が走った。激しい腰痛である。

なぜこのタイミングで。

「霊障……？」

と僕は顔が青ざめた。ノロノロと腰をかがめてホテルへと向かう僕を隣にして、一柳さんは露骨にテンションの下がった顔をしていた。それはそうだろう。グループ旅行に出かけた際に一日目から「なんか歯が痛い」とか言い出して仲間内のテンションを下げる奴がいるが、取材のスタートダッシュ時点で「なんか呪われたかも」とか言い出す奴もそうとうにテンションを下げるものである。

互いの間に気まずさを漂わせつつ、僕と一柳さんはホテルへ入った。昼間なのにもかかわらず陰鬱な薄暗さが漂う廊下。腰痛に耐え、牛歩で進んだり急に立ち止まってみたりたまに壁に頭をぶつけてみたりなどといった「やり始めのバイオハザード」のごとき動きでなんとか部屋に辿り着く。


鈍痛が響く腰をなんとか椅子に落ちつかせた。電話を取り出す。ついにイタコとのセッションタイムがやってきた。

サイトに掲載されていた電話番号をプッシュする。

「ようこそ、イタコ占いの世界へ……」

自動音声ガイドが流れた。

「ここでは、イタコの霊能力を通して、死者と会話をすることができます……」

女性による音声ガイドは、「生理中なのか」というほどに、沈痛で重い響きである。しかもおどろおどろしい音楽がバックに流れている。なんだ、この演出は。たしかに「ハーイ！　ゴキゲンいかが？　今日も死者とのお喋りに花を咲かせちゃおう！」みたいなテンションで来られても困るだけなのだが。それにしても、不必要な不気味さだと思う。僕の中の「チカ」が、小さく震え上がった。

しばらくお化け屋敷みたいなテンションでの説明があったのち、会員登録へと進む。そう、イタコと通話をするためには、まず会員登録を済まさなければならないのだ。てっきりプッシュボタン形式で登録を行うのかと思っていたら、自動音声ガイドが「オペレーターにおつなぎいたします……」と告げてきた。なんと、生身の人間が登録受付業務を行うようである。待機音が鳴る。さっきまでの墓場のようなBGMはどこへやら、こんどはビバルディの「春」が流れた。

落差がすごい。


オペレーターは女性であった。

簡単な会員登録を進めていく。支払いは銀行振り込みかクレジットカードが選べると言われた。かなり現代的である。あと数年したら、イタコ専用の電子マネーカード「ｉ－Ｔ

ＡＫＯ」みたいなものも登場するのではないか。

会員登録後「どんな霊能力者をご希望ですか？」と尋ねてくるオペレーター。手元のタブレットで改めてイタコ占い鑑定のサイトを確認する。そこには数十人のイタコのプロフィールが並べられており、そこから自分の好みのイタコを選ぶことができる。

「えっと、一番早い時間でお話しできるイタコはいますか？」

と尋ねると
「早めですと一六時から空いている先生がおります」

と返され、美容室の予約をしているような気分にさせられた。

気になったのはこちらが「イタコ」と言ったのに、オペレーターの女性は頑なに「先生」という名詞を使っていた点である。念のため「その先生は、イタコなんですよね？」と確認したところ、ちょっと間があったのち「……先生はとても実力のある方です」という、四捨五入すると全然答えになっていないことを言われた。

そして約束の一六時。電話が鳴った。イタコからの電話である。

「はいはい。どうも。よろしくお願いします」

驚いた。その声は明らかに中年男性なのである。イタコは女性しかいないはずなのに。

「あの、死者の口寄せって、できますか？」。疑心にまみれながらそう尋ねると、「はいはい、成仏されている方ならできますよ」と簡単な感じで答えられた。まるで「この鳥団子鍋って、最後は雑炊にできますか？」と聞かれた仲居さんが「はいはい、汁が残っていればできますよ」と答えるがごとき気軽な口調である。

おそらくこれは、本物のイタコの修行を積んだ人ではない。「イタコ風味」で商売をしている人だと思われる。やはり本物のイタコは、電話サービスなどやっていないのである。

一気にふくらんだ、電話先のイタコ風味に対する不信感。

ところがその不信感を心の中の「チカ」が必死に振り払う。

（とても実力のある先生って言ってたんだから、絶対にすごい人だよ！）。根拠はゼロに等しい意見ではあるが、信じてみたい気持ちにはなる。それに、死者の霊は呼び出せると言っているのだから、オカルト好き男子としても乗らない手はない。さっそく祖父を呼び出してもらうことにした。

「はいはい、おじいさまね。少々お待ちを……。はい、おじいさまを呼び出しました」

と告げてくる中年霊能力者。C級手品を披露されているのか、僕は。

いま電話の向こうの霊能力者の横に祖父がいるという状態らしい。祖父も天界から急に呼び出されたと思ったら、知らない中年男性といきなりふたりきりにさせられて戸惑っていることだろう。

「おじいちゃんに、僕の将来を見てもらっていいですか？」とオーダーする。すると「はいはい……。（おそらく祖父の霊と交信する間があったのち）海外に行くと良いみたいです。それも暑いところへ。近いうちにそんな予定があるでしょ？」

という答えが返ってきた。


僕は少しだけゾッとした。来月、ベトナムへ旅する予定をしていたのである（〝女の子ちゃん〞がベトナムで美味しいものを食べたり可愛い雑貨を買ったりしたい、と騒ぎ出したため）。そして、来月のベトナムは雨季前の、とても暑い時期である。このイタコ風味、もしかしたら本物かも……？

占い鑑定スタートの地点で、早くも信憑性《しんぴょうせい》が一気に高まった。思わぬ展開である。


ところがこの後、霊能力者はなんとも不安定な占いを展開し始めたのである。

「あなたは五年後のバレンタインデーに女性から本命チョコを貰《もら》う気がする」

「タバコはどんどん吸っちゃっていいですよ。愛煙家は辛《つら》い時代ですよね」

「まあとにかくね、健康には気を遣うに越したことはないですよ」

これは、わざわざ祖父の霊を呼び出してまで、聞くことなのだろうか。疑心が再び湧く。

すると横でやり取りを聞いていた一柳さんが僕にメモを渡してきた。

「肩がとても重い！」

すぐさま霊能力者に「いま、同席している者が、肩に重さを感じているのですが、これはいったい……？」と尋ねると、「ああ、それはね、守護霊の重みですね」と言われた。

ついに具体的な心霊現象、登場である。そこで僕は、思いきってあのことについて聞いてみた。

「実はさっき、腰が急激に痛くなったのですが、これはもしかして霊的な……？」

神妙な間が流れる。そして霊能力者は、重々しく口を開いた。

「それはギックリ腰じゃないのかな。すぐに病院に行ったほうがいいですよ」

的確な、ただの親切。これはもう占い鑑定とかではなく、ただの「暮らしのワンポイントアドバイス」だ。


ああ、これは、どっちなんだ。

本物なのか、インチキなのか。

そこで一か八か、ハンドルを急に切り「マイケル・ジャクソンを呼び出してくれ」と注文してみた。

「マイケル・ジャクソンさんね……。はい、いまここにいますよ」

「マイケルはなんで死んだのでしょう？」

「うーん、薬の量が多すぎたんじゃないかな」

完全にワイドショーからの知識ではないか。これ以上無駄な時間を過ごしたくなかったので、すぐさまマイケル・ジャクソンには天界に帰っていただき、祖父を再び呼び出してもらった。

そろそろタイムリミットが近づいていた。率直に、本丸の質問をぶつけてみた。

「死に際のおじいちゃんは、僕に、何を伝えたかったのでしょう？」

ごくり。ツバをのみ、返答を待つ。

「……そうですね。とにかく、健康には気をつけろということですね」

それは、さっきも聞いた。


さあ、イタコ占い鑑定の信用平均株価は暴落の一途を辿り始めている。ところがところが、一柳さんに電話を代わったところ、霊能力者は「一柳さんのお父さんが激しい痛みに耐えながら亡くなったこと」をズバッと当てたのである。なんでここに来て集中力を発揮するの……？　もしかして僕の時だけ、パワプロとかやりながら口寄せしてるんじゃないの……？

こうして、「イタコ風味」とのトークセッションの時間は、終わった。

三〇分で八〇〇〇円の鑑定料。素直に、高いと思う。

トータルで考えると、本物っぽさもあったが、ぼんやり感も随所に見られた。祖父との件については、モヤモヤを解消するつもりが、余計にモヤモヤしてしまった感すらある。

しかし、なぜだろう。それでもすべてが終わった後、かなりはっきりと清々《すがすが》しい気分に包まれている自分がいたのである。

ひとつには、「チカ」の部分が、占い鑑定の間中、ずっとエキサイトしていたからだと思われる。占いが当たっているとか、外れているとか、関係ない。とにかく自分の話を真剣に聞き、悩みに対して具体的なアドバイスをくれる。それだけでもう、〝女の子ちゃん〟的には大満足なのである。電話を切った時には、不思議な達成感さえ覚えられたほどだ。

それから、もうひとつ。

数年前。僕の友人が若くして亡くなった。突然の死であった。自死の道を選んだ彼女のことを思い出すたび、やるせない気分になる。実は祖父のことよりも、今回のイタコ占いで最も聞きたかったのは彼女のことであった。通話終了間際、一柳さんからまた電話を代わってもらい、霊能力者に、尋ねた。

「彼女にとっての死は、その、どういうものだったのでしょうか?」

霊能力者は、こう答えた。「ああ、彼女はね、もう幸せに、成仏なさってますよ」。

救われた。他人にそう言ってもらえることで、ささやかにだが、救われた。

言葉とは不思議なものである。

電話先の、赤の他人の、顔も知らない自称「イタコ」の中年男性に言われた一言で、心の奥にずっと詰まっていたものが、少し晴れたのである。


僕たちは、誰かの言葉によって生かされている。

死者の霊とか口寄せとか霊能力とか、そういったことは僕の中で不確かなままだ。祖父がなぜあの時「ホクロが多いな」と言ったのかも、不確かなままだ。でも、誰かの言葉がなければ僕は生きていけない、それだけは確かだ。

占いはきっと、言葉のエンターテインメントだ。言葉の手品だ。ほどよい距離で見る分には楽しめるけど、近寄りすぎると鳩と一緒に消されてしまったり手品師の持っているナイフに触れてしまったりして大変なことになることもあるだろう。

〝女の子ちゃん〟、特に「チカ」は占いにのめり込む傾向があるので、僕はきちんとそこら辺をコントロールしなければならない。

誰かの言葉によって生かされ常に誰かの言葉を必要としている僕たちは、言葉を売り物にしている占い師についつい近づき、エキサイトし、戻れないところまでいってしまう可能性だってあるのだから。

腰痛を抱えながら、部屋を出る。

僕は家族や友人たちの顔を想起する。

今でも生きている、大切な人たち。

言葉を交わせる間は、言葉を交わしましょう。互いに生きている間は、イタコを通さなくても会えている間は、言葉を交わしていきましょう。

ホテルを出た先に広がる春の空に、そんなことを思った。

あと、すぐに整骨院にいきましょう、とも思った。

カワイイのアンテナ

対象の中に存在する「カワイイ」を目ざとく見つけ出すアンテナ。

それが、「カワイイ・センサー」だ。

僕が「ああ、自分の中に〝女の子ちゃん〟がいるなあ」と強く実感するのは、この「カワイイ・センサー」が作動している自分を見つけた時である。

たとえば、猫。

道を歩いている際、野良猫を発見する。純度の高い、一〇〇％「男らしさ」由来の成分で形成されているタイプの人間であれば、猫を発見したからといって、別段騒ぐことはない。「ふん、猫か」くらいのものである。

ところがそれが、一％でも〝女の子ちゃん〟成分の混じっているタイプの人間であると、すぐさま「カワイイ・センサー」が作動する。僕のような、〝女の子ちゃん〟成分が多分に含まれている人間ともなろうものなら、野良猫がひょっこり顔を現しただけで、もう大騒ぎである。

「きゃー！　猫！　猫！　カワイイ！」

「おいで！　カワイイ！　おいで！　こっちにおいで！」

「ほら、こっち向いて！　カワイイ！　スマホで写真撮るから、こっち向いて！　インスタグラムに投稿するから、こっち向いて！」

このように、一度「カワイイ・センサー」が作動すると、我を見失うこともしばしばである。とにかくどんな猫を見ても
「カワイイ！」

「とにかくカワイイ！」

「吉川ひなのよりもカワイイ！」

と「カワイイ」を連呼してしまう。生の猫はおろか、マグカップに描かれた猫や、猫のマークがプリントされた足袋《たび》ソックスなど、猫が意匠としてあしらわれているものならなんでも「カワイイ！」と反応し、気がついたら白目をむいてそれを購入している自分がいたりする。

そしてそのうちに、猫を「カワイイ！」と思っている自分が「カワイイ！」と思えてくるという、やや複雑な状況が現れてきたりする。

少し話はズレるが、僕の数少ない男友だちに阿部くんという猫好きがいる。

阿部くんもまた〝女の子ちゃん〟成分が幾分か入り混じった男であり、ゆえに「カワイ

イ・センサー」の持ち主であった。とある頃、彼の「カワイイ・センサー」は、猫に対して異常に反応を示すようになってしまった。

元々、猫好きだった阿部くん。

阿部くんが「あ、自分、ヤバいな」と最初に思ったのは、三味線《しゃみせん》を見て「カワイイ！」と反応している自分に気がついた時だという。猫の皮を見て「カワイイ」なんて人外の感想……、とは思いつつも、阿部くんは暴走し始めている自分の「カワイイ・センサー」にブレーキをかけることはできなかった。

気がつくと、彼の「カワイイ・センサー」は近所の野良猫を眺めているだけでは満足しなくなってしまい、結果として家で猫を飼うことになる。その数がすごい。なんと、二二匹である。多い。米米CLUBなのか、というくらい、多い。

あっと言う間に彼の家は「猫屋敷」として近所でも有名になった。その時期の彼は、会うと必ず服に猫の毛をびっしり纏《まと》わせていた。「エサ代だけで月に五万円もかかる」と虚ろな目でこぼす阿部くんは、そのエサ代やトイレ代、その他飼い猫二二匹にかかる諸々のお金を稼ぎ出すために、日中深夜を問わず働き続けていた。

「最近はウミネコですらカワイイ、と思ってしまう自分がいるんだよね……」

もう名前に「ネコ」が入っていれば海鳥ですらカワイイと思ってしまう、そんな「カワイイ・センサー」のこじれの境地に行ってしまった阿部くん。

数年かけて彼はそのタコ足と化した「カワイイ・センサー」の配線をゆっくりとほどき、親戚筋たちに飼い猫たちを分け、ようやく家の中の猫をゼロにしたところで、やっと狂気の世界から帰還した。

「カワイイ・センサー」もほどほどにしないと、戻れないところまで行ってしまう、という話である。

僕の場合、なにかひとつにどっぷりと「カワイイ・センサー」が反応することはなく、どちらかというと巷《ちまた》に溢れるあらゆる物に対して節操なく「カワイイ!」となるタイプである。

猫、カワイイ! イチゴ、カワイイ! アイスクリーム、カワイイ! 今日の空の雲の形、カワイイ! この本の装丁、カワイイ! あのフランス映画のフライヤー、カワイイ! おじいちゃんが背負ってる小さいリュック、カワイイ! カワイイ! カワイイ! カワイイ!

特に弱いのは、カワイイ食べ物とカワイイ雑貨だ。

ランチなどで、店に入る。

男らしくここはレバニラ定食だな、などと決め、店員を呼び出す。

すると、ふと、壁に掲げられた黒板のメニューの一覧の隅に、こんな文字が躍っていることに気がつく。

「新メニュー：ロコモコ丼」

その瞬間、「カワイイ・センサー」の赤いランプが「ビーガービーガー！　緊急事態発生！　緊急事態発生！」とけたたましく騒ぎ出し、（やだー！　ロコモコ丼って、カワイィー！　『モコ』の部分が、特に、カワイィー！　『丼』の響きも、『うさぎどん』とか『くまどん』に連なる感じで、カワイィィ！）となり、結果、ロコモコ丼を注文、うまくもまずくもないそれを、さっきまでレバニラ定食を食べる気満々だった舌で、敗戦処理のように味わっている自分がいるのである。

またある時は、芸術にでも触れるかと、美術館に入る。

そして展覧会を出たところのギャラリーショップで、男らしくここは図録でも買うか、などと決める。図録はいい。重くずっしりとしているところが無骨で男らしいし、角ばっているところも、実に男らしい。いざとなれば鈍器として活用できる点も、見逃せない男らしさだ。

脇に図録だけを抱え、さてレジに並ぼうとなった段で、ふとギャラリーショップの小物雑貨の棚が目に入る。その瞬間、「カワイイ・センサー」はやはり「エマージェンシー！

エマージェンシー！　シグナル、オールレッド！」などと警報を発し、気づけば図録など天まで届けとばかりに投げ捨て、その棚に並んだペンシルケース、リサ・ラーソンの動物をあしらった陶器、かまわぬの限定生産てぬぐい、手作り作家によるモダンなコケシ、小鳥の写真を集めたＺＩＮＥなどを、鬼の形相で購入、家に帰りすぐさまそれらを本棚に並べ、「世界でひとつだけのヴィレッジヴァンガードの完成やで……」などとひとり悦に入りながらニヤニヤとそれらを眺めている自分がいるのである。

「カワイイ・センサー」がようやく鳴りを潜めると、冷静さを取り戻し、なぜあんな食べたくもなかったものを食べたのか、なぜこんな不必要な小物を買ったのか、などと毎回自責の念に駆られる。そして悪いのは自分でも、〝女の子ちゃん〟でもなく、カワイイ食べ物やカワイイ雑貨がはびこっているこの世の中自体が諸悪の根源なのだ、と非常に歪んだ結論付けを行う。

まったく、カワイイ食べ物やカワイイ雑貨には、困ったものである。

〈京都〉カワイイの宝石箱やで……

さあそろそろ旅に出ようとなった際、この「カワイイ・センサー」に旅行先の決定をゆだねることが多い。

男のひとり旅。下北半島までしょっつる鍋を食べに行こうか、とか、やっぱり東尋坊に断崖絶壁でも観に行くか、とか、山口県の鍾乳洞探索なんて手もあるぞ、などと男心を騒がせながら旅行先の算段を組んでいると決まって〝女の子ちゃん〟が登場、（ダメ！　しょっつる鍋なんて塩辛いだけ！　東尋坊は自殺の名所！　鍾乳洞はただのでかい穴でしかない！）と候補地を次々と偏見で総括、すぐさま「カワイイ・センサー」の作動スイッチを押し、（それよりもカワイイものを巡る旅をしようよ～）などと囁いてくる。で、気がついたら、京都一泊二日の小旅行に向かっている自分がいたりする。

カワイイ食べ物好き、カワイイ雑貨好きの者にとって、京都は楽園のようなところである。

老舗《しにせ》の名店から、ニューカマーの話題の店まで、京都には〝女の子ちゃん〟をくすぐる数々の喫茶店・カフェが入り乱れている。多くの店に「カワイイ名物」があり、それはカキ氷だったり抹茶大福だったりする。京町家づくり調の小さな喫茶店内でそれらを口にする瞬間、それは〝女の子ちゃん〟にとって至福の瞬間でもある。

同じカキ氷をたとえば京都のお隣である滋賀県で食べた場合、それほど「カワイイ！」とはならないかもしれない。しかし、京都でそれを食べると「カワイイ」指数は何倍にも膨れ上がる。あえて叫び声で表現するなら、「ギィイイイッ！　カワイイイイイ！　ギリギリィッ（歯ぎしり）」といった感じである。悶絶だ。

また、京都には「カワイイ・センサー」をぐいぐいと刺激してくる雑貨ショップが散在している。こちらも、同じ取り揃えのものを滋賀県で買ったとしても、きっと「カワイイ！」の興奮値は低いであろう。だが京都でそれを眺めていると、それだけで「ヒィイイイッ！　アレも、コレも、カワイイイイイ！　アバババババ……（口から泡を吹いている）」となるのである。

なぜ京都ではこのような魔法がかかるのか。思うに、京都とは街自体が大きなブランドなのである。「京都」という一大ブランドの庇護の下で、ありとあらゆるものが「カワイイ」の付加価値を与えられているのである。

「京都」というフィルターを通せば、森羅万象、どんなものでも良質なものへと変化する。たとえば「滋賀造形芸術大学」と聞いても、なんか粘土を四六時中べちょべちょこねているイメージしか湧かないが、「京都造形芸術大学」と聞くとそれだけでハイセンスな学生たちが集まってスタバのタンブラーを片手に彫刻デッサンに取り組む姿がイメージとして湧いてくる。

さらに、たとえば「滋賀FM」と聞いても、なんか「オードリ屁ップバーン」とか「お〜いクソお茶」などといったしょうもないラジオネームのリスナーから寄せられた「地域のちょっとしたお役立ち情報」が流れてくるイメージしか湧かないが、「京都FM」ともなると小粋なジャズが外国人DJの軽快なお喋りの合間に流れてくるイメージが容易に湧いてくる。

さらにさらに、たとえば「滋賀洗濯機」と聞くと、すすぎも十分でなく何を洗っても生乾きの臭いがする……といったイメージしか湧かないが、「京都洗濯機」は清流のようなすすぎのパワーでそのうえどの衣類もお香を焚き染《し》めたような匂いが……というイメージがすぐに湧いてくる。

そろそろ滋賀県の人に怒られそうなのでここらで比較は止《や》めておくが、「京都」とはそれほどまでに他所にはない強いブランド力を有しているのである。

もっと突き詰めて言うと、自分自身もがその「京都」という大きなブランドの中に取り込まれている、という状況に人は特殊な恍惚《こうこつ》感を見るのである。食べ物や雑貨、それをいま自分はあの「京都」で眺めているのだなあ……という、この強力なシチュエーションが人に恍惚感を与え、京都にあるものをなんでもかんでも「素敵なもの」「情緒のあるもの」「カワイイもの」に見せてしまうのである。普段は食べもしないポップコーンが、ディズニーランドに行くと急に食べたくなる。それと同じことが京都全体で起きているわけだ。

おそるべし、「京都」のブランド力。

さて、ここで話は唐突に変わるが、僕は男である。

いくら〝女の子ちゃん〟を宿している身であったとしても、基本は、男である。

なので、「カワイイ・センサー」は一般の女子に比べて、どうしても精度が劣る。

「今回の旅行先では、カワイイものに魂を売るぞ！」と意気込んでも、男としてのカワイイものに対する鼻の効かなさが災いし、オシャレなカフェかと思って入ったらなんか店の一番目立つところに大きなスズメバチの巣が展示してある老夫婦経営の店だったり、センスの良い小物が充実している雑貨屋かと思いきや木彫りの河童《かっぱ》や石に変な模様を描いたものを売っている民芸品店だったりする。

〝女の子ちゃん〟男子にとって、カワイイを巡る旅というのは、一筋縄ではいかないのである。

いかにして、男としての感覚の鈍さに足を引っ張られることなく、カワイイものを見つけられるか。

旅の中で、たくさんの「カワイイ！」に出会えれば勝ちで、それを上回る「カワイクナイ！」に出会ってしまったら、負け。これは、真剣勝負なのである。

ではどのような真剣勝負を内面で行っているのか、ある日の京都旅行を例に説明してみる。たとえ、あらゆるものが「カワイイ！」に見える京都だからと言って、気は抜けない。

その日の京都は、初夏のさわやかな青空が広がっていた。

〝女の子ちゃん〟に「カワイイ・センサー」のスイッチを入力されたことが決め手となって訪れた、京都一泊二日の旅。雑貨屋と喫茶店を中心に、とにかくカワイイものに触れまくる予定である。

（さて、手始めにどの店に行こうカナ？　やっぱり河原町の喫茶店「ソワレ」？　それとも、北欧の雑貨が充実している本能寺横の「アンジェ」？）

そんなことを〝女の子ちゃん〟と考えながら、僕が最初に足を向けたのは、あろうことか、三十三間堂であった。

ずらっと立ち並ぶ、千手観音像。それは本当に見事で壮観ではあるが、ここにあるのは「カワイイ！」ではなく「コウゴウシイ！」であり、「オソレオオイ！」である。そして言わずもがな、「カワイクナイ！」でもある。今回の京都旅行に求めていたものとは、一八〇度違うものだ。そんなことは三十三間堂に入る前から、わかりきっていたことである。

〝女の子ちゃん〟が唸る。（じゃあ、なぜいきなり三十三間堂を訪れてしまったの……？）

三十三間堂。これは完全に僕の「男っぽさ」のセレクトに他ならない。男というものは、不思議と神社仏閣を好む。まだ京都に到着して間もないこのタイミング、「カワイイ・センサー」がフル稼働していない隙をついて、「男っぽさ」は僕の足を三十三間堂へと向けさせたのである。〝女の子ちゃん〟が舌打ちをする。心のチェックシートに「マイナス１Ｐｔ」と書き込む。まずは一敗である。

さて、いきなり敗戦を喫してしまった。これはすぐにでも挽回せねばとばかりに、僕は次なる行き先を練り、バス停へと向かった。

目指すは三年坂。京都らしいお土産屋や甘味処、さらには雑貨屋が軒を連ねた、いま京都好き女子の間でとても熱いスポットである。むろん、そこには僕の〝女の子ちゃん〟が所望する「カワイイ！」も溢れているに違いない。僕は三年坂へと向かうバスへと飛び乗った。

（あぶらとり紙を買ったり、お抹茶飲んだりしよっと！）

ところがところが、気がつくと僕は、京都タワーの地下にある大浴場施設で、風呂に浸かっていた。

これはいったい、どういうことなのか。説明するまでもなく、これも「男っぽさ」の所業である。バスに揺られている最中、通りがかった京都タワー、そこの看板に「大浴場」

の文字を発見し、「え？　京都タワーの地下に大浴場なんてあるの?!」と心をざわめかせ、気がつくとバスを降車、すみやかに入場料を払って裸になり、湯浴《ゆあ》みを始めたというわけである。

男という生き物は、どういうわけか、銭湯的なものに目がない。さらには秘湯などに代表される、「こんなところにも温泉が?!」みたいな意表を突いたシチュエーションの風呂にも、目がない。僕の「男っぽさ」が、「京都タワーの地下の大浴場」を放っておくわけがないのだ。

目の前に広がるのは、湯船に浸かりながら汗を流す、裸体の男たち。肥満の裸、ガリガリの裸、老人の裸、裸、裸、男の裸……。もちろん、そこは「カワイイ！」からは縁遠い世界である。どんなに「京都」のフィルターを通しても、男の裸体が物語る圧倒的なリアルさは、「カワイイ！」には化けない。

（なんで金払ってまで、男の裸体を眺めなきゃいけなのよぉ！）

〝女の子ちゃん〟が絶叫する。三十三間堂でジャブを放ったうえで、カウンターとして大浴場を差し入れてくる。今日の「男っぽさ」は、なかなかに手ごわい。これで零勝二敗である。

風呂上がり、ここで負けてはならぬと思ったのか、〝女の子ちゃん〟は僕を三条にある「六曜社」へと向かわせた。

京都でも有数の老舗喫茶店、「六曜社」。雰囲気のある外装を目にするだけで、僕の〝女の子ちゃん〟はときめきを隠せない。店の中は地元客や観光客を問わず、女子と、いかにも心の中に〝女の子ちゃん〟を宿していそうなボタンシャツ男子たちで賑わっている。

特に女子たちの心を摑んで離さないのが、ここの名物、ドーナツである。

一眼レフの接写でそれを撮れば、すぐにでも『Hanako』の表紙に採用されそうな、女子的フォトジェニック力の高い、そのドーナツ。カワイイ。実に、カワイイ。

僕はそれを店員から受け取るなり、写メで撮ることも忘れ、穴も食べんばかりの勢いで貪った。そして気を落ち着かせたのち、ゆっくりと珈琲をすすり、(ああ、『六曜社』でゆるやかな時を過ごしている自分よ……)などと、特になにかをやり遂げたわけでもないのにたいした達成感に身をゆだねた。

そう、これである。自分が京都に求めていたのは、この時間である。カワイイものに包まれ、カワイイものに溶け同化した自らを、愛《め》でる。この時間を存分に味わうため、〝女の子ちゃん〟は僕を京都まで運ばせたのである。

(これでなんとか、一勝ね)

〝女の子ちゃん〟が僕に囁く。ここからどう巻き返しを図ろうか。しばしの〝女の子ちゃん〟とのミーティングの結果、叡山電鉄に乗り、セレクト本屋の「恵文社」へと足をのばすことにした。

叡山電鉄一乗寺駅を降りると、なんとも可愛らしい、あれ？　これってぐりとぐらが作ったの？　みたいな、「恵文社」の案内看板が待ち受けていた。

「恵文社」は、吉本ばななをして「乙女の聖地」と言わしめた、京都の「カワイイ！」の王座に君臨する有名店である。店主によってセレクトされた趣味のよい数々の本たちが居並ぶ店内は、一日居ても飽きることはない。また店内には雑貨屋とカフェが併設されており、あと布団だけ持ってきてもらえれば一生ここに住んだってかまわない、と僕の中の〝女の子ちゃん〟が宣言するほどに、乙女なら誰もが恋をしてしまうお店なのである。

僕は「恵文社」にて、心ゆくまで本棚を眺めまわし（あ、武田百合子の『富士日記』読んでみようカナ……）と心でつぶやいてみたり、雑貨コーナーをうろついて（こういう手作り感のある木べらが欲しかったんだヨナ……）などと物色を楽しむなどし、〝女の子ちゃん〟を完全に満足させることに成功した。

「恵文社」で買い込んだ数々のカワイイものたちを両手にぶら下げながら、夕暮れ迫る一乗寺駅のホームに佇む僕と〝女の子ちゃん〟は、その日一番の幸福感に包まれていた。

これで勝負は、二勝二敗の引き分けへともつれ込んだ。続きは明日へ持ち越すことにして、僕は本日の宿へ向かった。

しかし、宿でのチェックイン時、奇妙な光景が眼前に現れた。フロントの男性が、お坊さんなのだ。それもそのはず、僕が予約していた宿は、知恩院の宿坊。宿坊とはリーズナブルな料金でお寺に泊まれるシステムで、京都ではさまざまなお寺がこの宿坊プランを用意している。

（しまった）と、〝女の子ちゃん〟が呻《うめ》いた。まさか、宿坊とは。こんな罠《わな》が仕掛けてあるなんて、思いも寄らなかった。


思いも寄らなかったもなにも、予約したのは他でもない僕自身なのだが、厳密に言えば知恩院での宿坊を決めたのは、僕の「男っぽさ」の部分である。

男というのは、旅の宿泊先を、すごく適当に決める傾向がある。「安けりゃなんでもいいべ」、そんな中居正広風の口調で、彼女との大切な旅行も駅前のチープなビジネスホテルに決めてしまったりする。

今回の宿坊も、京都旅行に出る一週間前、〝女の子ちゃん〟が眠っている間に、僕の「男っぽさ」が「ここなら安いし、寺に泊まるのって、なんだかワクワクするべ」などと言いながらアバウトに予約を入れてしまっていたのであった。

もし宿泊予約の段からすでに〝女の子ちゃん〟が本格覚醒していたのならば、（やっぱりデザインホテルかな。町家の二階をリノベーションした旅館でもいいかな）と宿泊先にもこだわり、絶対に宿坊なんて許すことはなかったであろう。勝負はすでに、出発前から始まっていたのである。男の鈍さは、実にあなどれない。

「男っぽさ」が勘で決めた知恩院の宿坊、そこは想像以上に、「カワイクナイ！」のオンパレードであった。

まず、通された部屋が、普段は老人会や修学旅行生などの団体客に利用されているとおぼしき、大部屋の和室であった。三〇人は平気で泊まれそうなその畳張りの部屋に、ポツンと僕の布団が一枚。言わずもがなであるが、そこは寺の敷地内。想像してみていただきたいが、そんなところの巨大な和室に夜ひとりで佇むというのは、ものすごい恐怖である。ふと天井を見上げると、そこに広がる木目の模様が、なんだか女性の横顔に見える。カワイクナイ！　ツウカ、コワイ！

そして、知恩院の宿坊に、食事なんてものは、付かない。なので自然と外食ということになるのだが、知恩院の周囲は真っ暗で繁華街からも離れており、外食にありつこうとするには、ひとりで肝試しを敢行するがごとく人の気配のない夜道を延々と歩かなければならない。試しに外へと出てはみたのだが、灯籠《とうろう》の頼りない灯り以外には闇が広がり、たまに大きな蛾がなんの前触れもなく僕の顔にぺたっと貼りついたり、その日の月が妙に赤くて僕をミステリアスな気分にさせたり、なんか茂みからガサガサッと音がしたかと思ったらタヌキが飛び出し僕の寿命を一五年縮めたりなど、その恐怖アトラクションの充実っぷりはまさに天然の戦慄迷宮といった具合で、僕は踵《きびす》を返して知恩院へと舞い戻った。そしてカバンの底にあったソイジョイを取り出すと、それをガランとした空白の広がる巨大和室の中でひとり、ボソボソと食べて空腹をしのいだ。カワイクナイ！　ツウカ、ワビシイ！

自分以外に、誰もいない和室。奥の蛍光灯のひとつが切れかかっているらしく、チリチリと点滅を繰り返しており、それがいやがうえにも恐怖心を煽《あお》ってくる。部屋に備え付けられたトイレからはなぜかずっと弱々しい流水の音が流れており、それが角度によっては亡霊のすすり泣く声に聴こえる。カワイクナイ！　ツウカ、コノママダト、アタマガドウカシチャウ！

恐怖心をかき消すべく、テレビを点《つ》ける。関西のテレビ番組でしか観られない、雨上がり決死隊が三〇％くらいの力でやっているような情報レポート番組などを眺めながら、なんとかメンタルを愉快な方向にシフトチェンジできるように努める。しかし、突然ブチッ！　と電源が落ち、テレビの画面が真っ黒になる。その真っ黒な画面に、自分の恐怖で歪《ゆが》んだ顔が映り込む。自分の表情筋にこんな引き出しがあったんだ、と思わず感心するほどに、それは初めて見る本気で戦慄《せんりつ》の走った自分の顔であった。テレビの電源が落ちた理由を探るも、コンセントは抜けていないし、蛍光灯は点いたままなので停電とかではない。そうこうしているうちにテレビの電源が再び、なんの前触れもなく入る。冗談ではなく、腰が抜けそうになる。カワイクナイ！　ツウカ、モウカエリタイ！

もはや京都の一日目は、大敗である。負けの込んだ僕は明日の逆転勝利に備えて早めに寝ようとしたが、窓をしめきっているはずなのにぬるい風は入ってくるわ、廊下からペタペタと謎の足音が聞こえてくるわ、ソフトな金縛りに遭うわで寝られたものではなく、夜明け間近になってようやく睡魔が訪れたものの、すぐさま部屋のスピーカーから大音量で「お泊りのみなさま、おはようございます！　午前五時より、本堂にて朝のお勤めがございます。参加不参加はご自由ではございますが、どうぞみなさま、この機会にぜひ……」などというお坊さんからのグッドモーニングメッセージが流れるなどし、もうこの環境下で寝ることのできる者がいたとするならば、その者の心は、きっと岩かなにかである。

すっかり寝不足となり、カワイイものを追い求める気力も萎《な》えた僕は、二日目の「京都カワイイもの探索」を泣く泣く諦め、そのまま朝一番の新幹線で東京へと帰った。

惨敗。まさに、惨敗の京都旅行であった。

〈ベトナム〉カワイイの国へ行こう

かように、いくら〝女の子ちゃん〟や「カワイイ・センサー」が内蔵されているとはいえ、男である自分にとって「カワイイ!」を全うする旅というのは、なかなかに難しい。日本有数の「カワイイ!」名産地である京都での旅行ですら、このような結果になってしまうのだから、果たしてこの自分の、言うなれば「カワイイ欲」をフルで満たしてくれる旅行先など存在するのか、疑念すら抱いてしまう。

しかし、僕にはまだ隠し持っている一筋の希望の光があった。

その希望の地、それは、ベトナムである。

一時期、雑誌などで、女子向けのベトナム特集が盛んに組まれる時期があった。曰《いわ》く、近年のベトナムはカワイイ雑貨屋が乱立しており、日本の雑貨屋もこぞって買い付けに訪れるほどらしい。またベトナムにはプリンやワッフルなど、女子なら見過ごせないスイーツも充実しているという。

雑貨。

スイーツ。

ベトナムの前情報は、早くも〝女の子ちゃん〟の琴線に触れまくった。琴線のAコードもCコードもFコードでさえも、押さえまくりであった。

この国だったら、もしかしたら、僕の「カワイイ欲」を見事に満たしてくれるかもしれない。

しかし、「行こっかな、どうしよっかな、行きたいな、でも思っているイメージとは違う国かもしれないもんな、でも行きたいな、でもでも屋台にぶら下がった生肉にハエがたかっているだけの国かもしれないもんな……」などと手を後ろに組んで先輩にラブレターを渡せずにいる女学生のごときモジモジを展開しているうちに、あっと言う間に月日は経ち、気がつけば世間の「女子的ベトナムブーム」もすっかり沈静化していた。

きっかけは、ふいに訪れた。

その日、僕はとある雑誌連載で担当編集をしてくれている黛《まゆずみ》さんという女性と食事をしていた。

食事中、黛さんは突然おもむろにカバンを開くと「はい、これ、お土産です」と言って可愛いらしい包みのチョコレートの箱を僕に渡してきた。

聞くと、黛さんは先日、会社の有給休暇を利用してベトナムはホーチミンへの単身旅行に出かけたのだという。

「ベトナムは、カワイイ！　に溢れている国でしたよ」

と黛さんは言う。

「でも、生肉にハエが群がっていたりしませんでした……？」

僕がそう尋ねると黛さんは首を振り
「そんなことありませんよ。ホーチミンは洗練されている街ですし。路上にござを広げてカワイイ雑貨を売っている人たちがけっこういて、それを眺めているだけでも楽しかったです」

カワイイ雑貨！

そのワードが、〝女の子ちゃん〟の琴線に、再び触れた。

「ホーチミンって過去、フランスに統治されていたことがあったから、街並みもカラフルなんですよ。プチパリって呼ばれているくらいで」

プチパリ！

その、サンリオのキャラクターにいそうな「プチパリ」の可愛らしい響きが、〝女の子ちゃん〟の琴線にさらに触れた。

そして、黛さんは最後に、とどめの一言を放った。

「夜はバーに行きました。ホーチミンの高層ビルの屋上にある『チル』ってバーなんですけど、そこから夜景を眺めて飲むカクテルは最高でした」

バー！

チル！

夜景！

カクテル！

その四天王コードは〝女の子ちゃん〟の琴線をジャカジャカと激しくかき鳴らした。そして〝女の子ちゃん〟は、え、なにそれ、ベトナム、チョー行きたいんですけど！　などとマイクの前でシャウトした。

ベトナムに行けば、この僕の「カワイイ欲」も、きっと本域で満足するはずだ。


こうして僕は、ベトナムへと旅立つことに決めた。

知人女性による、特に山場もオチもない旅行の思い出話が、旅立ちのきっかけに。よく考えてみたら、それ男としてどうなんだ、とも思うが、〝女の子ちゃん〟的には全然アリな、旅の出発である。

〈タイ〉水かけ祭りで、女々しさ再発見

さて、こうして始まったベトナム旅行。ところが一日目、猫だましをかけるように、僕はタイへと降り立っていた。

乗り継ぎの関係でどうしてもタイはバンコクの空港に寄らなければならず、だったらバンコクには〝女の子ちゃん〟が前々から行きたがっていたスポットがあるので、ちょっと寄り道をしてみようということになったのである。

バンコクに来たのは、もうこれで四度目だ。

初めてバンコクを訪れたのは、一〇年も前だっただろうか。その頃のバンコクは、急成長の真っ只中だったのか、高層ビルがガンガン建設され、そのビル群の隙間で空芯菜《くうしんさい》を炒める屋台が火柱を上げ、小象が渋滞している車の列の横を「おつかれさまでーす」と、バイト初日の学生の退勤時の早足みたいな速度でトトトッと駆け抜けていくなど、見るからに活気のある印象であった。それがどうしたことだろう、バンコクはその後、訪れるたびになんだか威勢が弱まっていき、今回などは大通りにもほとんど人の気配がないという有

様なのだから、まったくデクレッシェンドみたいな都市である。

しかし、今回特に人の気配が感じられないのは、もしかしたら訪れた時期のせいなのかもしれない。そう気がついたのは、バンコクの中心地に位置するファランポーン駅の構内で「ソンクラーン」の看板を見つけた時であった。

タイで最も大きな祭りとも言われる、「ソンクラーン」。通称、水かけ祭り。それは、見ず知らずの人同士が、路上で互いにバッチャバッチャ水をかけ合うという、誰が得するのかよくわからない祭りなのである。しかもそれは、三日間も続くという。

この水をかけ合うという行為、祭り的にはいったいどういう意味合いがあるのかというと、なんと、意味などない。元々は仏像や年上の人たちにお浄《きよ》めをする意味で水をかけていたものが、いつの間にか過剰に発展し、「みんなで水をかけ合っちゃおうぜ、だってそのほうが楽しいし、テンションも上がるぅぅぅ！」みたいなことになったらしい。ひとつだけタイの人に尋ねたい。誰も止める人はいなかったのか。

「ソンクラーン」はタイ人にとっての正月に位置する祝祭日であり、タイ全土各地方で開催される行事である。そしてその「ソンクラーン」真っ最中の時期に、僕はたまたまタイへとやってきたのだった。おそらくではあるが、正月的なこの期間、バンコクの人々は地方の実家へと帰省し、またバンコクに残る者も店を閉めて休暇を取っているので、市内にはこのようなゴーストタウンの風景が広がっているのではないだろうか。

僕は以前から、とある理由もあり、この水かけ祭りが気になっていた。まったくの偶然ではあったが、ジャストなタイミングで水かけ祭り開催中のタイへと降り立つことができたのだから、これは参加しない手はない。僕は、当初のバンコクでの目的はひとまず後回しにして、「ソンクラーン」を見聞することに決めた。

バンコクでも水かけ祭りは一部の通りで盛り上がっているらしいが、やはり本場は帰省の人たちでにぎわう地方の町だという。そこで僕はバンコク近郊の田舎町であるアユタヤに向かうことにした。

〝女の子ちゃん〟であれば、水かけ祭りと聞いただけで（え～？　知らない人から水をかけられるの～？　なんか、不潔～。変な雑菌とか混ざってそうだし～。それに水をかけられたりしたら、スポーツブラが透けちゃう～）などと顔をしかめることだろう。しかし、まだ旅の序盤ということで、〝女の子ちゃん〟は僕の心の中でうたたねをしている状態だ。このタイミングを逃してはならない。自分の面倒な性質が表面化する前に、僕はアユタヤへと思い切り舵《かじ》を切り、電車へと飛び乗った。

旅行中の指針は、その時の自分のメンタルにとって、ぐらぐらと変わる。だから、自分のメンタルが「行ける！」と踏んだらすぐさま動き出したほうがいい。一分後には内面にいるもうひとりの自分が「やっぱり行きたくない」などと駄々をこね始めたりすることが、旅の中では往々にしてあるのだから。

電車がバンコクの郊外を抜け始めると、のどかな田園風景が広がる。そのバナナ畑の地平の途中途中に一軒家がポツリポツリと点在している。どの家も軒先に子どもたちがいて、水鉄砲やバケツを手に持ち、通りがかる人に水をかけてやろうと待ち構えている。こんな田園地帯の小さな道を通りがかる人など、三時間にひとりいればいいほうだろう。子どもたちはそんなこともわかっていながら、炎天下、一日中ずっとああして待っているのだろうか。時給は一円も発生しないというのに、いったいなにをやっているのだろうか。タイは、どうかしているんじゃないのか。

どうかしているといえば、バンコクの名称もどうかしている。「バンコク」という都市名は実は略語であり、では正式名称は何なのかというと、「クルンテープ・プラマハーナコーン・アモーンラッタナコーシン・マヒンタラーユッタヤー・マハーディロックポップ・ノッパラト・ラーチャタニーブリーロム・ウドムラーチャニウェートマハーサターン・アモーンピマーン・アターンサティット・サッカタッティヤウィサヌカムプラシット」という、コピペしないで手作業でこれを打ち込んだ自分を褒めてやりたくなるほどに、長いものなのである。もう、ちょっとしたミニコラムの文量だ。やはりタイは、どうかしている。

そんなどうかしているタイの国土を北に斬り、列車はアユタヤへと到着した。

過去のタイ旅行で、僕は何度かすでにこのアユタヤに寄ったことがある。

アユタヤは、首都であるバンコクから列車で二時間ほどの、気軽に訪れることのできる古都だ。世界遺産にも一応登録をされている町なわけだが、あまり観光客からの人気はない。散在している遺跡はどれも雑な感じで朽ち果てていて、名物の寝《ね》釈迦《しゃか》像《ぞう》に至っては「これって、小学四年生が自由研究の課題として八月三一日に左手だけで作ったの？」みたいなクオリティである。町全体にも、寂れた雰囲気が漂っている。日本でいうなら、熱海とか清里に似た観光地である。にもかかわらず、僕はこのアユタヤの町が、好きだった。「観光地としてはすでにブームも終わっちゃったけど、まあ生きていくにはなんとか困らないから、ぬるーくやっていきましょう」みたいな感じ。このアユタヤに蔓延《まんえん》する中途半端な情緒が、僕の「男っぽさ」と〝女の子ちゃん〟とが入り混じる中途半端な精神性に、妙にフィットしていたのかもしれない。


とりあえず本日の宿を決めようと、駅のすぐ近くにあった安宿にアバウトな感じでチェックインを済ませた。

その安宿のオーナーは五〇歳くらいのおばちゃんで、将棋の「桂馬」の駒をそのまま擬人化したような顔をしていた。そして僕を部屋まで案内してくれた従業員、こちらは僕と同い年くらいの女の子、と思いきやよく見るとタイ名物のニューハーフで、岡本太郎の顔に無理やり厚化粧を施したような顔だった。

部屋に荷物をおろし、さっそくアユタヤの中心街の水かけ祭りに参加しに行こうと、宿を出た。すると、突然バッシャーン！　と背中に水がかかった。振り返ると、バケツを片手に、桂馬と岡本太郎がゲラゲラ笑っている。思わぬ隙を突かれた事態に呆然としていると、僕のあとに続いて宿を出ようとしたイスラエル人青年のバックパッカーにも水をかけて、ふたりはまたしてもゲラゲラ笑っていた。どうやらこのふたりは、宿泊客全員に、この時期限定の水かけサービスを行っているらしい。ここが日本であれば最高裁にもつれ込むのだとしても訴える構えだが、ここはタイで、いまは「ソンクラーン」の時期の真っ只中である。僕は笑顔でそれを受け流し、ビシャビシャに濡れた全身もタイの風がそのうち乾かしてくれるだろう、さあこのままアユタヤの中心街へ行くぞ、となったかというと、いきなり服が濡れたことでテンションがダダ下がり、一度着替えるために部屋へと戻った。

タイの水かけ祭り。

以前から僕はそれが気になっていた、と先ほど説明したが、きっかけはなんだったのか。

僕の知人に、東南アジアを周遊した経験のある、渡辺という男がいる。

数年前、彼に「旅の中で一番、面白かったことは何か？」と尋ねたことがある。

すると彼は間髪入れずに

「タイの水かけ祭りが面白かった」

と即答したのである。

「最初は嫌だったよ、道を歩くだけで、知らないタイ人に水を際限なく浴びせかけられて」

と渡辺は語った。

「でも、かけられているうちに、だんだんと楽しくなっていく自分がいるんだよね。なんていうのかな、ハレの状態に身を置いているうちに、根源的に血が騒ぎ出すというか……」

根源的な血の騒ぎ！

僕は、昔から、祭りに対しての憧れがあった。近所で祭りが開催され、神輿《みこし》を担ぐ男たちの威勢のいいかけ声が聞こえてくると、「男として」の血が騒ぎ、すぐに近くへと駆け寄った。できることであれば、自分も神輿を担ぎたい。

でも、どうしてもその中に入ることはできず、いつだってただそれを眺めるだけに踏みとどまっていた。男くさいもの、荒々しいものに対して興味を抱く僕に対して、〝女の子ちゃん〟がきまって、（やめなよ、絶対に痛い目に遭うよ。ほら、神輿の先頭の男の目をごらんよ。あれは勘だけど、人を殺したことのある目だよ）などとセーブをかけてくるからである。

僕の中では、こんなふうに「男っぽさ」と〝女の子ちゃん〟とが、常にせめぎ合っている。

渡辺の水かけ祭りの語りに、僕の「男っぽさ」の部分は魅了された。タイの水かけ祭りであれば、日本の神輿と違って、荒々しさもない。ソフトな祭りであろう。それでも、根源的な血の騒ぎを感じることができるという。以来、機会があればタイの水かけ祭りに参加したいものだと願うようになり、そして今回、偶然にもそのタイミングが訪れた。

そしていまは旅の初日、〝女の子ちゃん〟はまだ本格覚醒していない。まさにベストな機会と言える。いや、もし〝女の子ちゃん〟が目覚めたとしても、神輿と比べて水かけ祭りはマイルドで、ハードルの低い祭りだ。嫌がる顔は見せても、強く止めることまではきっと、しないだろう。

期待感を胸に、新しいシャツに着替えた僕は、アユタヤの中心街へと到着した。

水かけ祭りは、すでにピークを迎えていた。

大通りの中央分離帯、そこに設置されたスプリンクラーからは、何メートルにもなる水柱が噴き上がり、壮大な水の壁を作っていた。両脇を通り抜ける車たちは、その水柱にぶつかりずぶ濡れになって走り去っていく。辺りはそのスプリンクラーによる霧が立ち込め、呼吸もかなわないほどだ。もしこの大通りにヘレン・ケラーが立てば、三分も経たないうちに「ウォーター！」と叫ぶに違いない。それほどまでの水量である。聞くと、このスプリンクラーは普段の防火用とかのものではなく、「ソンクラーン」のこの三日間のためだけに設置されたものだという。そこまでするアユタヤの人たちの水かけ祭りに対する情熱に感動し、そして冷静に考えて公共事業費の使い方を間違えてはいないかと、若干引いたりもした。

その大通りの一本裏手にある道では、消防隊員たちが消防自動車のホースを使って、道行く人たちに放水を行っていた。

中華料理の店の主人は、台所からわざわざホースを路上へと伸ばしている。

屋台ではウォーターガンや水風船の他、携帯電子機器が水で濡れないようにするための防護カバーが飛ぶように売れていく。

レインコートを売っている店もあり、欧米人観光客がそれを買い求めると、店の人が「お買い上げ、ありがとうございましたー！」と言いながら、まだレインコートを羽織ってもいないその欧米人の客に対してコップで水をかけていた。

みんな、水をかけること、水をかけられることに、必死である。

野外中央ステージでは、水かけパフォーマンスショーの他、地域有志サークルによる社交ダンスの披露、市議会議員による手品、ミス・アユタヤコンテストなど、もはや水かけとは全く関係のないプログラムが次々と展開されていた。アユタヤの町は、狂乱の渦の中にいた。

僕もこの狂乱の渦の中に飛び込もうと、町をさまよい歩いた。

町の祭りの様子を観察していてわかったことなのだが、この水かけ祭りの本核とはつまり、「見ず知らずの人と、水をかけ合うことでコミュニケーションを図る」というところなのだ。言葉ではなく、祭りの日にだけ許されたちょっとモラルを越えた行為によって、ハレの気分を共有し合う。偶発的に出会った他人同士が、水をかけ合うことで、刹那《せつな》に打ち解け合う。この時に生まれるささやかな多幸感こそが、この祭りの醍醐味なのである。

それならば、僕も地元の見ず知らずの人たちに、水をかけてもらわないことには、話にならない。通りを歩いていると、家の前に置かれたビニールプールの中で、子どもたちが水鉄砲を手に遊んでいた。僕の前を歩いていた欧米人バックパッカーたちが、その子どもたちに水をかけられ、「Ｗｏｗ！」などと嬌声《きょうせい》を上げていた。

ドキドキしながら、僕も子どもたちの前へと歩み出る。子どもたちと目が合う。さあ、いまだ、タイの子どもたちよ！　この見ず知らずの黄色人種に水鉄砲をぶっ放すがいい！

そして国境を越えて、打ち解け合おうではないか！

ところが、である。子どもたちは、しばらく僕の顔を眺めたのち、なんとも言えない躊《ちゅう》躇《ちょ》の色を浮かべた。そして「……こんにちは」みたいな感じの会釈を目でひとつしたかと思うと、水鉄砲を向けることもなく、中途半端な感じで僕を無視して、子どもたちだけの世界に戻って水遊びを再開し始めた。

なぜだ、なぜなんだ。もしかしたら、タイミングの歯車みたいなものが、合わなかったのか？

首をかしげながら、道を進んだ。するとこんどは、くわえタバコのよく日焼けをしたランニング姿のおじさんが、ホースを片手に家の前に立っていた。

チャンス再来、テッパンで水をかけられる大リーチ状態だ。ヒマを持て余している人の前にライターがあったら必ず切った爪をそれで焼いて臭いを嗅ぐように、母親の前にパンの耳を置いたら必ずそれを油で揚げて砂糖をまぶして12点みたいなお菓子を作ってしまうように、ケンカに明け暮れているけど本当は心の優しい番長の前に捨て猫がいたら必ず降りしきる雨の中それを抱きかかえるように、このおじさんの前を僕が歩いたら必ずや水をかけてくるであろう。

水をかけてこなかったら、逆にそのホースはなんなのだ、という話である。

胸を高鳴らせながら、そのおじさんに近づく。さあ、いまだ、そこのタイ人中年よ、その人生のすべてを懸けて僕に水を打ちつけたまえ！　そしてそのホースの水しぶきが作り上げた虹の下、人類兄弟として、抱きしめ合おうではないか！
ところが、またしても僕は、そのおじさんにガン無視されるに至った。

アユタヤの太陽だけが、白々しく、僕のシャツを照らしつける。シャツは一滴の水すら未だ吸い上げておらず、水かけ祭りの痕跡はそこに一ミリも見当たらない。

僕はアユタヤの地元民たちに水をかけられ、ハレのこの日を共に祝い、祭りに血を沸かせるという念願を成就させるべく、町を歩き続けた。しかし、誰も水をかけてこない。アユタヤの町のチャオプラヤ川から流れてくるぬるい風が僕の首筋を撫《な》でるだけである。
これはいったい、どうしたことなのだろう。
なぜ、誰も、僕に水をかけてこないのだろう。

ふと、気がついたことがあった。路上でバケツやホースを手にしているアユタヤの人たちも、それからウォーターガンを手にハイテンションでこの祭りに参加している欧米人バックパッカーたちも、すれ違う時、水かけ祭り時の条件反射で一度は僕に対して水をかける態勢にはなる。なるにはなるのだが、しかし、僕の顔を一瞥《いちべつ》するなり、一様になんとなくバケツや水鉄砲を持つ手を下におろし、「まあ、ここは、やめておきましょうや」みたいな決定を勝手に下してくるのである。曖昧で生ぬるい空気が両者の間に流れて、それっきり僕たちは他人のままで一期一会を終えることになる。

納得いかない、実に納得いかない。

こうなってくるとこっちも意地で、受け身のスタイルがいけなかったのかと、積極的に地元の人に「水をかけてくれ」と懇願してまわることにした。

突然、必死な顔を浮かべて「さあ、僕に水をかけてくれ、それも今すぐに」と拝み倒してくる、なんだか年収の低そうな日本人に、アユタヤの人たちはギョッとした顔を浮かべながらも、やっと水をかけてくれるようになった。

ただ、その水のかけ方というのが、他の人たちがやっている、バッシャーン！　イエーイ！　これがウォーターなのねサリヴァンせんせーい！　といった感じではなく、チョロチョロチョロ……といった、なんだかこちらに気を遣うような、おそるおそるのものなのである。

水を張ったドラム缶の周りで水かけ祭りに興じている子どもたちを発見し、「さあ！かけてくれ！」とお願いすると、情けない感じで頭にピチャピチャ……と水をかけられた。

洗礼でも受けているのか、僕は。

その後もアユタヤ中の人たちに「かけてかけて、とにかく水をかけて」とお願いして回るという、角度によっては危険人物にしか見えない、アグレッシブな行動をとったものの、誰もかれもが、遠慮がちにチョロチョロと水をかけてくるだけであった。

これでは、僕の「男っぽさ」が望んでいる、祭りの高揚感を味わうことなど、とてもではないが、叶わない。


道の向かい側では、韓国人と思われるアジア系大学生のバックパッカーたちが、地元の人たちと思いっきり水をかけ合い、破顔している。血走ったようにも見える目は、祭りによって血をたぎらせ、最高潮になっているテンションを表していた。きっと渡辺も、彼らのようにこの祭りに参加し、えもいわれぬ興奮を味わったに違いない。

なぜだ、なぜ誰も、僕には豪快に水をかけてこないんだ。

地味な感じで湿ったシャツ。ずっと心の中でうつらうつらとしていた〝女の子ちゃん〟が、（あーあ、消毒されているかもわからない水に濡れちゃって……）と顔をしかめながら起きてきた。そうだよね、よく考えたら、不衛生だよね……、もう宿に戻ろうかな……。そんな気分になった時、ハタと気がついた。

いくら〝女の子ちゃん〟が顕現していなかったとしても、僕はもとから、〝女の子ちゃん〟を心に宿している男。

きっと、アユタヤの人たちは、僕にではなく、僕の中にいる〝女の子ちゃん〟に気を遣って、水をかけてこなかったのだろう。

どんなに僕が「男っぽさ」の部分を前面に押し出してこの水かけ祭りに参加していたのだとしても、僕の佇まいからは、〝女の子ちゃん〟を普段より宿している者特有のオーラのようなものが漏れ出ていたのだと思う。もしかしたら、「水をかけてくれ」とお願いしている時でさえ、目の奥では（でもあまり強くはイヤ……）という〝女の子ちゃん〟側の弱気さを浮かべていた可能性もある。いや、たぶん、浮かべていた。だから、誰もが水をかけることに躊躇したのだ。

それはつまり「あ、なんだかこいつ、祭り馴れしてねえな」ということが見抜かれていたということであり、「なんかこいつ、オレたちとテンションが食い違ってねえか？」とはじかれていた、ということである。

僕の中の「男っぽさ」と〝女の子ちゃん〟。それは交互にスイッチするかのように入れ替わるものではない。基本的に、常時〝女の子ちゃん〟をうっすらと全身に纏っている男子。それが僕のデフォルトの状態なのである。どんなに〝女の子ちゃん〟が眠っていたとしても、すでに雰囲気や所作に、〝女の子ちゃん〟は染みついてしまっているのである。

そんな男のことを、多くの人は、「女々しい」と呼ぶのであろう。


水かけ祭りで改めて気がついてしまった、自分のナチュラルボーン女々しさ。それをとぼとぼと引きずりながら、宿へと戻った。

すると「おかえりなさーい！」とばかりに、桂馬と岡本太郎がまたしても僕に水をかけてきた。

きゃあ、と内股でその水を受け、そして、ハッとする。結局、アユタヤの水かけ祭りの中で、僕に全力に水をかけてきてくれたのは、このふたりだけであった。突然僕の中に揺れ動くものがあった。水をかけられて、素直に嬉しかった。このふたりが、急に愛おしく思えた。


言葉を介さない、愛のコミュニケーション。人種や性別を問わない、真心の交流ツール。国境を越えた、幸せのフェスティバル。それが、水かけ祭り……。

僕はこの喜びを伝えようと、ニューハーフの岡本太郎にハグを迫った。

すると、岡本太郎はその手をはねのけ、「やめて。あんたみたいなナヨッとしたのは、タイプじゃない」みたいなことを真顔で伝えてきた。

こうして僕の水かけ祭りは、終わった。

〈タイ〉パワースポット依存症、「エラワン祠」を目指す

さて、アユタヤでの水かけ祭りで涙をのんだ僕は翌日、列車で再びバンコクへと戻った。そして、タイに寄ったそもそもの目的である、とある場所を目指すことにした。

〝女の子ちゃん〟が心にいる身として、僕は旅に出ると必ずその旅先にあるパワースポットに立ち寄ることを常としていた。

日本国内で言えば、伊勢神宮に、高千穂、熊野本宮大社、熱田神宮、諏訪《すわ》大社、屋久島、それに富士山……。色んな場所に足をのばした。つまり日本国内には、それだけありとあらゆる「パワースポット」が溢れているということにもなる。一時期のブームの勢いも手伝ってか、近年でも様々な場所が「パワースポット」と称されるようになっており、琵琶湖や知床、軍艦島などもそれに含まれるという向きもある。「パワースポット」は日々、増産されているのだ。このままだと、ナチュラルローソンも、パルコも、東名高速も、石の裏のハサミムシやダンゴ虫が蠢《うごめ》いているところも、近所の四〇にもなってフィリピンパブにばかり通っている次男がいる市川さんの家も、ぜーんぶパワースポット！　と言い出

しかねない勢いである。

「パワースポット」には、不思議な依存性がある。

〝女の子ちゃん〟に導かれるままにパワースポット巡りを始めた僕。「男なのにこんなことに目を輝かせているなんて……」と最初は自身の行動に恥ずかしい思いを感じていたが、いまでは大手を振って、パワースポットを巡ることに夢中になっている。

ある時期のこと。遠出をしなければパワースポットにありつけないことに対して、飢餓感を覚え始めた。そこで近所にある神社や寺、お地蔵さんでさえも自分の中で「パワースポット」と見なし、朝起きるとまずは散歩がてらにそれら近所のパワースポットを参拝、そして夕方にも再び参拝を行うという、プチ奇行を始めた。パワースポット依存者に、いつの間にか成り果てていた。

この依存性はどのようなプロセスで発生するのか。細かく説明したい。

まずはなんとなくの興味で、「パワースポット」と呼ばれるところに、足を運ぶ。そういった場所はだいたいにおいて、緑も多く、空気も澄んでいるので、ナチュラルに晴れやかな気分になれる。そして心の中の〝女の子ちゃん〟が〈なんだかここって、特別な霊気のようなものに満ちている気がする……）などと無責任な発言をつぶやき、その場所に付加価値を与える。

そして、二度目のパワースポット。やはり、風は気持ちよく、穏やかな空気が流れている。凪《な》いだ心で思い返すと、そういえば、本当にそういえばだが、ここのところ、特に悪いことが身の回りに起きていない気がする。（もしかして、この前、パワースポットに行ったことで、心身が浄化されて、気や運命の流れが良い方向へと進み出したからなんじゃ……？）と〝女の子ちゃん〟がまたしても心をざわめかせる。そして、前回よりも念入りにそこで空気を胸いっぱいに吸い込んだり、真剣に参拝したり、おみくじを引いたりする。たとえその際におみくじで凶が出たとしても、「凶っていう字は、メが箱の中に入って外に出たがっている状態。つまり、めでたい……」などと必死で自分に言い聞かせたりする。こうなったら、もうパワースポット依存は始まっていると思っていい。

三度目の、パワースポット。すでに依存性は顕著に現れ、（参道の真ん中は神様の通り道。だからアタシたち人間は、端を歩かなくちゃね……）とか（神殿の前で手を二回打つという行為は、神の前で祈りの火を焚くという意味なの。だからしっかり柏手《かしわで》を打たないと、ご利益がないわ……）などと〝女の子ちゃん〟がブツブツとつぶやき出し、雑誌やワイドショーなどで得た知識を基に、参拝ルールをきっちりと守り始める。

そして気がつけば、ずぶずぶのパワースポット依存者となっており、ちょっとでも悪いことが起ころうものなら「最近、パワースポットに行っていないからだ……」と落ち着かなくなり、精神の安定を取り戻すためにすぐさま伊勢神宮への旅程を練ったり、裸足のままの勢いで近所の神社に走り込んだりする。

パワースポット依存症に身体を蝕《むしば》まれていることを自覚しながらも、それを止めることはできず、物事が悪い方向に進んでいると気がつくやいなや、自分でその流れを変える努力や精進を行うなどは二の次、パワースポットに赴き自らを浄化することだけに全身全霊を捧げる。そして一時だけの解放感を得る。しかしすぐに、また身体がパワースポットを求め出し、震えが止まらなくなる。以下、繰り返し。

そう、パワースポットとは、たちの悪いドラッグなのである。

もはや厚労省の認定を受けてもおかしくないほどの、重度のパワースポット依存者になっている、僕および〝女の子ちゃん〟。頭の中はいつだってパワースポットのことでいっぱいで、財布の中はいつだって賽銭《さいせん》用の五円玉でいっぱいだ。

こうなってくると、もう日本国内のパワースポットでは満足できなくなってくる。『ことりっぷ』や、『地球の歩き方』の女子旅版である『aruco』などを、パワースポットはいねがー！　運気がぐんぐん上昇するパワースポットはいねがー！　となまはげのごとき鬼気で読み漁る。

そして、ある時見つけたのが、タイはバンコクに存在する、「最強」と謳《うた》われるパワースポット。「エラワン祠《ほこら》」である。


バンコクの高級デパート街、その一角に存在する「エラワン祠」を前にして、僕は汗をだらだらとかいていた。

死ぬほど暑かったのである。

東南アジア特有の、焼けつくような気温。蒸した太陽が頭皮をじりじりと焼き、目が沁《し》みるほどに汗が流れ落ちてくる。そしてここは、ビルの森。風など流れず、ちょっと歩くだけでもHPが減っていく。ドラクエの毒の沼に落ちた状態だ。

それなのにもかかわらず、小さな「エラワン祠」には大勢の人たちが詰めかけており、その熱気によってプチ蜃気楼《しんきろう》が立ち上るほどだった。

いまはタイ全土が、「ソンクラーン」の時期。バンコクはゴーストタウンの趣だったのに、ここだけに人が溢れかえっている光景は、それだけ「エラワン祠」が国内外に名を轟《とどろ》かせているパワースポットであるということを如実に物語っていた。見れば、日本人とおぼしき女子大生やOLたちも、大挙して祠の周りに集まっていた。みんな、どこか虚《うつ》ろな目をしている。暑いからなのか、それとも、あれはパワースポット依存者特有の目つきなのか。僕も、彼女たちと同じような目をしているのだろうか。

「エラワン祠」は、猫の額ほどの大きさである。もっと具体的かつわかりにくくたとえると、僕の家の近所にある「ひばりが丘児童遊園」ほどの大きさである。右端から左端まで、一〇秒もかからずに往復できる。そんな小さなサイズの土地の中に、何百人もの人が押し寄せているのだ。みんな滝のような汗を流し、不快指数はMAX。そこまでしてご利益を受けたいのかと思うかもしれないが、そこまでして受けたいご利益が、「エラワン祠」には、あるのである。

もともとはこの近くにホテルを建設する際、事故が多発したため、そのホテルの経営者が占星術師と相談して作った「エラワン祠」。この祠を設置してからというもの、事故はピタッとおさまり、以後「なんでも願いを叶えてくれるパワースポット」として「エラワン祠」はその名を広めることとなった。

とにかく、この「エラワン祠」のご利益たるや絶大なものらしく、「エラワン祠」のおかげで息子が難関大学に入学できた！「エラワン祠」に行っただけで宝くじが当たった！「エラワン祠」に祈りを捧げたことで貧弱だった僕もいまでは腹筋が割れて、毎日女性からのデートの誘いを断るのに大忙しの毎日です！「エラワン祠」には本当に感謝しています！　などといったご感想の声が、全国より届いております。みたいなことかどうかはわからないけど、とにかく「エラワン祠」に叶えられない望みなどないのだという。

本でその存在を知ってからというもの、身体が「エラワン祠」を欲し、時に白目をむき、また時には口のはしから涎《よだれ》を垂れ流し、「わいはエラワン祠に行くんや……そこでわいは願いを叶えてもらうんや……」などとプロゴルファー猿口調でうめくなどといった、非常に危険なパワースポット禁断症状に陥っていた僕と〝女の子ちゃん〟。こうして訪れることの叶った「エラワン祠」を前にして、暑さとは別に、身体が熱くなるのを感じた。

人の波をかき分け、黄金に輝く中央の祠の近くへと寄る。なんだかわからないが、強い熱波のようなものを感じる。これが世界最強の名をほしいままにしている、パワースポットの本力なのか……。祠の前におびただしい数の線香やロウソクがそなえられているため、感じた強い熱波はそれらの炎によるものなのではないか、という意見もあるかもしれないが、そういったことは無視して僕は強引に「エラワン祠」のありがたみを噛みしめた。

さて、参拝である。パワースポット依存者として、ここは絶対に、正しい参拝法で臨みたいところだ。周りの人たちの様子を見ていると、どの人たちも線香とロウソク、そして黄色い花を祠にそなえ、土下座の体勢で地べたに頭をこすりつけるようにして祈りを捧げている。僕もこのスタイルにならおうと、またしても人をかき分けて、売店へと向かった。我先にと線香や花を買い求める人たちに揉《も》まれながら、なんとかおそなえグッズを手に入れる。もはやTシャツは汗でぐしょぐしょ、目をあけていられないほど汗がしたたり落ちる。持っていたミネラルウォーターはすでに底をつき、意識も朦朧《もうろう》とし始めてきた。

祠の横では、この暑さの中、重そうな金飾りを身に纏った踊り子たちが、独特で機械的な音に合わせてダンスを舞っていた。ガイドブックによると、彼女たちは皆、ここでかつて祈願をし、それが成就したお礼に、「エラワン祠」に舞いを捧げているのだという。ということは、僕もここでの願いが叶った暁には、あの衣装を着込んで、この炎天下で踊らなくてはいけないのか……？　え、ちょっと、ヤダな……。などという邪念が一瞬湧いた。それを振り払おうにも、もうなにも考えられないくらいに、暑く、熱い。祠の前に座り、ロウソクをそなえると、意識が遠のきそうになるくらいの灼熱《しゃくねつ》が襲ってくる。

さあ、願いを捧げよう。

一生のうちに何度も来られる場所ではないのだから、余すところなく、願いを捧げよう。

しっかりと回らない頭の中で、次々と自分の願いを掘り当てていく。

お金持ちになれますように。

モテますように。

働かず、遊んで暮らせますように。

家族が健康でありますように。

それから、それから……。


一息置いて、最後に、こんな願いを捧げた。

「パワースポット依存が、治りますように……」

暑い中、半日をかけ、熱中症寸前の身になりつつも、パワースポットを求めずにはいられない。そんな自分が、少しだけ、怖い。このままだと依存性はさらに深くなり、滝行とか、山籠もりとかにも手を出さずにはいられなくなってしまうのではないか。こうしてわざわざタイに寄って、苦痛に耐えながらも必死で参拝をしている自分を今回眺め、改めてこの依存度の高さを思い知ったのである。

どうか、どうか、パワースポットなしでも生きることができた、あの頃に戻れますように……。

パワースポットで、パワースポット依存から脱却できることを祈る。そんな本末転倒な願いを、「エラワン祠」は聞き届けてくれたのだろうか。

「エラワン祠」からの帰りしな、頭痛が襲いかかり、明らかに熱中症の症状であるにもかかわらず、「参拝の作法が悪かったんじゃないのか……?」などと不安になり、早くも「エラワン祠」に戻りたくなっている自分がいたので、依存解脱の願いが聞き届けられるのは、まだまだ遠い先のことのように思えた。

〈ベトナム〉やっと、カワイイの国へ

さて、タイでの寄り道を終えた僕は、今回の旅の本願であるところの、ベトナムへと飛び立った。

タイでのパワースポット参拝を経て、〝女の子ちゃん〟もすっかり覚醒、「カワイイ・センサー」も感度ビンビンである。黛さんが言うところの「カワイイ！　が溢れている」国、ベトナムとは、果たしてどんなところであろうか。

バンコクを飛び立った飛行機は、ベトナムはホーチミンのタンサンニャット国際空港という、なんだか舌足らずの名前の空港へと降り立った。

空港の外に出て、驚いた。

ベトナム人が、黒山の人だかりとなって、到着ゲートから出てくる人々を待ち構えている。すわ、客引きか？　と思いきや、彼らは特にこっちに声をかけてくることもなく、ただただじっと到着ゲートから歩いてくる人たちの顔を凝視しているだけである。

あれは一体なんなのか、空港前で乗ったタクシーの運転手に尋ねてみた。彼の話によれば、あれは海外に行った親戚の帰りを待つ人の群れだという。ベトナムの人たちは、血縁の者が海外に行くと、その帰りを親戚一同でこぞって空港まで迎えに行くというのだ。

変だ。ベトナム人は、なんだか、変である。しかし、たったひとりの者の帰りを空港まで親戚一同で迎えに行くとは、考えようによっては、なんだかカワイイ。早くも「カワイイに溢れている」ベトナムに期待感の持てる光景に出合うことができ、僕は心のチェックシートに「＋１Ｐｔ」と書き込む。さあ、ここからは「カワイイ」と「カワイクナイ」の真剣勝負である。ベトナムを土俵にした闘いは、どちらに軍配が上がるのであろう。

ホーチミンの中心部に位置するベンタイン市場、その前のロータリーにてタクシーから降りた。ブロロロロロ……。噂《うわさ》には聞いていたが、ベトナムのバイクの交通量というのは、想像の上をゆく多さである。まるで巨大なひとつの生き物が、うなり声を上げて駆けていくようにも見える。ロータリーを横切ろうとすると、ナウシカの王蟲《オーム》を思わせるバイクの集団が、ゴゴゴゴゴゴと行く手を阻む。そのバイクの塊の隙間の中に、ひとつの攻略道を見つけながら、まるで縫うようにして道を渡る。

ベトナムは、本当にバイクが多い。そしてその反面、車はとても少ない。空港から町へ出ると、タクシーの姿もほとんど見かけない。

なぜこんなことになったのか。ざっくりとした流れで説明すると、

①ある時期、ちょっとしたバイクブームが起きて、ベトナムではバイクに乗る人が増えた

↓

②バイクが多くなってきたので、すこし車が走りづらくなってきた

↓

③なので、車よりもバイクを選ぶ人がさらに増えてきた

↓

④ますます車は走りづらくなってきたので、乗る人が激減した

↓

⑤みんなバイクに乗る。バイク圧勝。バイク最高。バイク天国となる。五マス進む

みたいなことらしい。

ちゃんと調べたわけではないのではっきりとしたことは言えないが、にしても、ベトナム人、やはりなんだか変である。

そしてやはり、なんだかカワイイ。

「これ以上バイクが増えたら、車が走れなくなっちゃうよ〜。バイクを減らせばもっと交

通はスムーズになるのに〜。ああ〜、でも現状としてはバイクが便利だから、どうしてもバイクを買っちゃうボクがいるのさ〜」

と困っているベトナム人を想像してみてほしい。とても、カワイイ。上手く想像できない人は、ハチミツを食べすぎたら太っちゃうからもうハチミツの甕《かめ》を棚にしまおうとしているんだけど結局食べちゃう自分に悩んでいるコグマの図を思い浮かべ、そこに先ほどのベトナム人のセリフをハメ込んでみてほしい。

ああ、とってもカワイイ!

そんなことを考えながら道を渡りロータリーの中心部分である小さな公園のようなところに立つと、茂みでなにやら蠢くものがあった。

その影をよく見ると、女性の尻であった。

藪《やぶ》から棒ならぬ、藪から尻である。

茂みでベトナム人女性が、それもちょっとキャリアウーマン風のスーツでビシッときめた女性が、なんと野糞をしていたのである。

アジアでは、人が街中で野糞をしている風景は、特段珍しいものではない。いや、珍しいものであってほしいとこちらは強く願っているのであるが、なかなか需要と供給のバランスが上手くいかない。野糞の風景は供給過多気味に、タイの高速道路の高架下や、タイの寺院の裏、ラオスの朝市の陰や、タイの川沿いなどで、多く見かけることができる。ほとんどタイばかりではないか。そういえばタイでは一度、公衆トイレの横で野糞をする人も見かけたことがある。その公衆トイレの個室は全て空いていたのにもかかわらずである。どうなっているんだ、タイ。

しかし、その野糞のどれもこれもは、男の人によるものであった。

女性の野糞、しかもなんだか自分よりも高学歴っぽい女性による野糞を見たのは、このベトナムが初めてであった。

通常、旅の街角で野糞の風景に出くわすと、〝女の子ちゃん〟が大騒ぎし、(不潔！　とにかく早く目をそらさなくっちゃ！)ということになる。ところが今回のケースに関しては、相手が女性だということもあり、〝女の子ちゃん〟は判断に困っているようだった。これは、目をそらすべきものなのか、それとも凝視すべきものなのか……。いや、凝視は明らかに間違っているので、ここは目をそらすべきだろう。しかし、もうひとつ、ジャッジに困る案件が潜んでいる。つまりこれは、「カワイイ！」なのか、それとも「カワイクナイ！」なのか……。

野糞なんて、普通は「カワイクナイ！」にカテゴライズされるものである。どう考えても、そうである。しかし、ここまでのベトナムの、変でどこかカワイイ姿を背景に考察するに、この「ロータリーの中央でキャリアウーマンが野糞」という突拍子もない風景は、もしかしたら「カワイイ！」に当てはめて然るべきものなのではないだろうか……？

そんなことを考えているうちに、その女性はサッとパンツを引き上げ、カバンを肩にかけ、カツカツカツカツとハイヒールを鳴らしながら、バイクの波の中へと消えてしまった。僕はしばらく悩んだあげく、心のチェックシートに「ドロー」と書き込んだ。

どうもベトナムの「カワイイ！」には、僕が今まで見てきた「カワイイ！」とは違うルールが潜んでいるようだ。そして黛さんが言っていた「ベトナムのカワイイ！」はこういう枠のことではない気もしてきた。

バイクの波をするすると抜けながら歩いていくと、サイゴン中央郵便局が現れた。その壮観な建物を目にした瞬間、女の子ちゃんが（キャッ）と歓声を上げた。

目に眩しいほどの、カラフルな建物であった。

通常、都市部にある観光名所的な近代建築物は、「なぜこれが観光名所に？」と首をひねるほどのガッカリスポットであることが多い。札幌の時計台など、その最たる例である。

ところが、このサイゴン中央郵便局は、大方の予想を裏切り、ハッとするような美しさをたたえていた。鮮やかな山吹色が、ホーチミンの青い空にビチッ！　と映えている。

周りの風景との調和も、美しい。郵便局の隣に建つサイゴン大教会は、洗練された古めかしさ、といった具合で、眺めているだけで豊かな気持ちになっていく。

建物の周りには南国ならではの鮮やかな花が咲き誇り、そこにチラチラとぜんまい仕掛けの玩具のような蝶《ちょう》たちが羽ばたいている。

カワイイ！

カワイイ！

カワイイ！

これが、ベトナムの有している、真の「カワイイ！」なのかと、〝女の子ちゃん〟はため息をひとつ漏らした。

しかし、この地帯の「カワイイ！」はそれだけに止まらなかった。郵便局の前では、アオザイを着た女性たちがポストカードを売っていたのだが、その二つ折り仕様のポストカードは、開くと細かい切り絵が飛び出すという手の込んだもので、しかもお値段、一枚たったの二〇円。

カワイイ！

カワイイ！

ヤスクテ、カワイイ！

他にも、すぐさま棚に飾りたくなるような錫《すず》作りの人形、動物の意匠をさりげなくほどこしてあるタンブラー、使うのがもったいないほど繊細に模様が彫り込まれた木製のしおりなどが路上の売り子さんたちの手によって販売されていた。

〝女の子ちゃん〟は興奮、僕は鼻息を荒くさせ、それらを買い漁った。

カワイイ雑貨の国、ベトナムというのは、本当だったのだ。

さっきまで、「野糞もカワイイのか否か」で悩んでいた自分は、いったい何だったのだろう。

雑貨だけではなく、食べ物もまた、ベトナムは〝女の子ちゃん〟のツボを的確に押してくる国であった。

まず、生春巻き。海老《えび》やパクチー、キュウリなどがたっぷり皮で巻かれたそれを、たれにつけて食べる。どうかと思うくらいヘルシーな味わいで、食べれば食べるほどむしろ痩《や》せていくんじゃないだろうかと不安になるほどの、カロリーの気配がない一品である。

それから、ヤギ鍋。日本人にとっては一瞬躊躇がよぎるものかもしれないが、ベトナムのヤギ鍋は臭みもまったくなく、旨味《うまみ》と甘味とが渾然一体《こんぜんいったい》となったスープが実に美味しい。彩りの豊かな鍋の中の食材は目にも楽しく、〝女の子ちゃん〟の心も躍る。ただしスープは完全にドブ色で、その点に関してはガン無視をしながら食べることをおススメしたい。

屋台で売られているスイーツも見逃せない。

卵の殻をそのまま容器にして作られたプリン。見た目からしてプリティなこの一品は、よく冷えていて、濃厚。僕はベトナム滞在中に、これを一八個も食べた。

それから、挟んだフランスパンのアイス・サンドウィッチ。さすがフランスの統治下にあったベトナムだけあって、フランスパンを作る技術は完璧だ。しっとりとしたそのフランスパンの中に、たっぷりのバニラアイスを挟んで食べるそれは、実に美味《うま》い。これを食べながら街を歩き、たまに指にこぼれたアイスクリームをなめるなどしていると、まるで自分がミス・サイゴンにでもなったような錯覚を起こすことのできる一品である。実際は三〇歳オーバーの青ひげの男に過ぎないのだが……。

さらに路上では焼きたてのワッフルや、カキ氷、甘栗、肉まんなどを売る屋台が軒を連ねており、仕事帰りのベトナム人たちが、バイクを停めてそれを買っている。

この国のグルメをプロデュースしている陰の首領、その人は絶対に、心の中に〝女の子ちゃん〟を宿しているに違いない。

女子の胃袋をダイレクトに刺激してくる、数々のベトナム料理たち。

なかでも僕の〝女の子ちゃん〟が気に入った一品がある。それが、ベトナムの代表的な麺料理である、フォー。こちらもまた健康的な食べ物で、澄んだスープはあっさりとしていながらも飽きのこない旨味を包んでおり、半透明の米粉麺が器の底に輝いている。

さりげなく浮いた牛肉と、丘のように積まれた青菜を汁の中に混ぜ、麺をすする。すると、口の中に、さっぱりとした風が吹き抜けていく。

麺料理には様々な種類があるが、ここまで「爽やかさ」のある麺料理が他にあるだろうか。

ラーメンを擬人化した場合、それはきっと、顔中はニキビだらけで鼻は脂でテカテカ、小太りでいつでも上下スウェット、みたいな感じだろう。

これがうどんだと、いつでも柔道着で「さあ、今日の練習はグラウンド百周でごわす」みたいなことを言い出すイメージ。

焼きそばの場合だと、黒光りした肌にさらにサンオイルをベタベタと塗り込みながら「週末は湘南の海にばかり行ってるざんす」みたいなことを言いそうだ。

どれもこれも、男臭い。

しかし、フォーの場合は、違う。男臭さが一切、漂ってこない。フォーを擬人化するとしたら、美少年なのだ。そして萩尾望都《はぎおもと》先生の『トーマの心臓』の登場人物を麺化するとしたら、それがフォーなのだ。

「まいったな、雨に濡れちゃったや……」。学校の玄関で白いシャツを透けさせながら雨宿りをする、フォー。

「ありがとう、お見舞いにきてくれて。あの窓の向こうの枯れ木の葉が散ったら僕は……」。病院のベッドの上で、弱気な発言をこぼす入院中の、フォー。

「これかい？　僕の好きな作家の小説だよ……」。木漏れ日の下、『ライ麦畑でつかまえて』の文庫をひもとく、フォー。

「ラーメン先輩、どうして僕にキスをしたの……？」。男子校の脂ぎった欲望にからめとられてゆく、フォー。

「どうして僕が焼きそば先輩の身体にサンオイルを……？」。男子校の黒いしきたりに従うより他にない、フォー。

「うどん先輩、やめてください……！」。放課後の体育倉庫、うどんとフォー、ふたりっきりのプライベート乱取りがいま……。

本場ベトナムのフォーの美味しさを伝えようとするあまり、なぜかBL小説が展開しかけたが、とにかくフォーはそれほどまでに〝女の子ちゃん〟をときめかせる食べ物なのである。

淡い味わいが物足りなければ、卓上の魚醤《ぎょしょう》やチリソースで自分好みの味付けにできる点も、いい。

「ああ！　やめてよ……！　どうして僕にチリソースをかけるの……？」

真っ白な肌をソースで汚され、濡れた瞳でかよわく抵抗するも、どんどん美味しくなっていく魔力には逆らうことのできない、フォー……。

またしてもおかしな展開が現れたが、これら妄想はすべて〝女の子ちゃん〟の闇の部分によるものであり、そのままスルーしていただきたい。


さて、ベトナムグルメに心を震わせているうちに、ホーチミンに夜が来た。

日中、カワイイ雑貨、そしてカワイイスイーツに破竹の勢いで触れまくったことで、心のチェックシートはポイント加算の嵐、もはや一日目は「カワイイ！」の圧勝である。

ホテルに戻ろうと、ホーチミン市内にある広大な公園を横切っていく。

公園内を行き交うベトナム人たちの会話が耳に飛び込んでくる。ベトナム語は不思議なイントネーションを纏っていて、日本人である僕の耳にはそれが
「にゃあにゃあ」

「みゃあみゃあ」

と言っているように聴こえる。まるで、子猫だ。カワイイ。

すると、不思議な光景が眼前に現れた。

夜中の公園に、老若の女性たちが集まり、ラジカセから流れる音楽に合わせて、エアロ

ビクスを踊っているのだ。

「はい！　次はジャンプをしながら、両手を左右に振って！　ワンツー！　ワンツー！」

トレーナーの女性のワイヤレスマイクの指示のもと、一〇〇人はいると思われる女性たちが、一心不乱に身体を動かしている。

よく見ると、公園のあちこちに、そのようなエアロビクス集団たちが散在している。

さらにさらに。公園内には日本でもおなじみの健康器具が置かれているのだが、そこにも大勢の女性たちが群れていた。鉄棒タイプのぶら下がり器具には、「これってプーさんのハニーハント？」というくらい、人が並んでいる有様である。

また、公園の小路では、カップルたちがバドミントンに夢中になっている。

白熱灯の薄明かりの下、健康に必死になっている、夜のベトナムの人々。

「闇夜ジム」とも呼ぶべき、不可思議な光景がそこには広がっていた。

僕はなんだか、胸にジンとしたものを感じてしまった。夜中に大勢で集まってエアロビクスをするなんて、ベトナム人は、変だ。変だけど、この光景は、どこか郷愁を誘うものがある。

初めて見る光景なのに、どこか懐かしい。

この、旅中における「初めて見る光景なのに、どこか懐かしい」という使い古された感想は、〝女の子ちゃん〟が漏らしがちなものである。〝女の子ちゃん〟は旅先に出ると、なにかにつけてこの〈初めて見る光景なのに、どこか懐かしい〉という、他人にとっては至極どうでもいい感想をこぼす。

カンボジアのアンコールワットに沈む夕日を見ては〈初めて見る光景なのに、どこか懐かしい……〉。

石垣島の海岸で漂着物と戯れる子どもたちの姿を見ては〈初めて見る光景なのに、どこか懐かしい……〉。

ラオスの市場に放し飼いにされたヤギが雑草を食《は》んでいる様を見ては〈初めて見る光景なのに、どこか懐かしい……〉。

もはや「初めて見る光景なのに、どこか懐かしい」の大盤振る舞いであり、この美しい地球に残された数かぎりある「初めて見る光景なのに、どこか懐かしい」の使いすぎには注意をしよう！　といった具合なのであるが、この夜のホーチミンの公園での「初めて見る光景なのに、どこか懐かしい」は、今までのどれとも違う、本気の感想であった。

もし自分がベトナムに生まれていたら、今頃、この夜中の公園のどこかで、ペダルを漕《こ》いだりしていたのだろうか。もしかしたら、ちょっと運命が違っただけで、僕もベトナム人女性として、このエアロビクスに参加している人生があったのではないだろうか。ノスタルジックな気分に包まれ、思わずそんな誇大妄想を広げてしまう。

ベトナムは変で、そしてやっぱり、ベトナムは、カワイイ。

そのカワイイは、〝女の子ちゃん〟が今まで旅の中で探していた種類のものとは、ちょっと違う。

それは真綿のような、優しさのある、カワイイだ。

すでに「カワイイ!」の圧勝で幕を閉じようとしていたベトナム初日。夜の公園で思わぬボーナストラックに出くわし、ポイントはさらに加算され、もはやこの旅での「カワイイ!」の勝利は揺るぎないものになったと思われた。

〈ベトナム〉裏切られた〝女の子ちゃん〟

翌朝。

ミニホテルで目を覚ました僕は、身支度を整え、ベトナムのさらなる「カワイイ!」を探し求めるために街へと飛び出した。

ちなみにこのミニホテルの名前は「ａｎ・ａｎ」、まるで〝女の子ちゃん〟のために用意されたのかというものであった。

街並み、雑貨、グルメ、それに人々。昨日はホーチミン市内の様々な「カワイイ!」に触れた。

そこで今日は、よりコアなベトナムの「カワイイ!」をリサーチすべく、ホーチミン郊外を巡ることにする。

と言っても、郊外に関する情報はこの時点では皆無で、僕はカフェでベトナムのぜんざい的な甘物であるチェーをつつきながら、ガイドブックを開き、思案を巡らせた。チェーもまた「カワイイ!」に彩られたスイーツである。特にお気に入りであるマンゴー風味のそれを、朝からオープンテラス的で愛おしそうに味わっている住所不定無職風味の男の姿は、客観的に見たらなかなかに奇怪風味なものであろう。

ふと、ガイドブックのとあるページに目が留まった。

ホーチミン郊外が描かれた地図。そこにどうやら、いくつかの大きな公園があるらしい。昨夜見かけた、市内の夜の公園の、ノスタルジックな光景。優しく可愛気に溢れた空気感。それを思い出し、郊外の公園であればさらにローカルな「カワイイ！」出物に出会えるのではないかと期待をした。

こうして僕は、ホーチミン郊外の公園を巡るため、バスへと乗り込んだ。


バスに揺られること、一時間半。

最初に到着したのは、ダムセン公園。ガイドブックによると「地元民の憩いの場所」であり、「遊園地や動物園も併設されている」ところでもあり、「休日ともなると人が押し寄せる」スポットでもあるという。

これは、実に地域密着型の「カワイイ！」が期待できそうである。

地元の人たちがピンクの綿あめの屋台に列をなしていたり、ウサギの形をした風船を手に子どもたちが走っていたり、小さな観覧車が回っていたり。そんな牧歌的なカワイイ風景を想像しながら、ダムセン公園へと入場した。

とても広い面積を誇るダムセン公園。

ジェットコースターやメリーゴーラウンド、さらには植物園など、思っていた以上にアトラクションが敷地内には点在している。

そして、人が、誰もいない。


今日は平日であるということがその大きな要因だとは思われるのだが、テーマパーク然としたその広大な敷地内に、全然、人がいないのである。

どのくらいいないのかというと、誇張とかではなく、僕以外、本当にひとりも人がいないのだ。

想像してみてほしい。大きな無人遊園地、その中でポツンとひとり、さまよい歩くというシチュエーションを。

すっげえ、怖い。

言うなれば、それは「核戦争によって荒廃した世界、その片隅の遊園地でひとり、誰か他に生存者はいないか探し求める」みたいな、殺伐とした怖さである。

事実、あまりの人のいなさに慄《おのの》いた僕は、まずはアトラクションだそれともアイスクリームだ、などという気分にはちっともなれず、とにかく他に誰か生きている者はいないのかとばかりに、公園内に人の影を求めて、小走りで回った。

カワイクナイ!　ココロボソイ!

すると、公園内の左奥に奇怪で巨大な、モニュメントのようなものが目に入った。

それは、青い大蟹《おおがに》を模した、不気味な建物であった。

その建物の前に人影が三人、チラッと見えた。皆、同じクリーム色のポロシャツを着ている。ホッとして近寄ると、それはこの公園の従業員の人たちであった。

「この建物に入りたいの?　じゃあ、この人からチケットを買って」

とその建物の入り口前に立っていたおじさんは、つまらなそうにあごをしゃくって、横に立っていた別の従業員の女性を指した。

こんな、まともに眺めているだけで気が狂いそうになる外観の建物になど、正直ちっとも入りたいと思わなかったが、やっと無人空間の中で人に出会えた安心感も手伝い、うながされるままにその女性従業員からチケットを買った。一〇〇円だった。

そのチケットを、先ほどのおじさんの従業員に渡す。おじさんはチケットを半分ちぎり、

「どうぞ」と建物の中に入るように指示してきた。

おじさんはもぎりの仕事で、女性はチケット販売の仕事。そしてもうひとり、髪の寝癖がひどい、羽生《はぶ》名人みたいな感じの青年従業員がそこにはいた。この青年はいったいなんの仕事を担当しているのだろうかと見ていると、おじさん従業員がちぎった半券、青年は

それを受け取るとゴミ箱へと捨てたではないか。

青年の仕事は「おじさんから受け取った半券をゴミ箱へとポストする」だったのである。

僕は思う。この一連のビジネス、三人がかりでやることなのか、と。


そんな社会主義国丸出しのスタッフワークを目撃しつつ、青い蟹の建物の内部へと進む。

僕は、その巨大な外観から、この建物は3Dシアター的なアトラクションなのではないかと想像していた。

暗い廊下が続く。どこか、湿った空気が漂う。

すると目の前に、大きな水槽が現れた。

なんと、水族館だったのだ。

暗い館内に、ポツポツと水槽が置かれている。その水槽のどれもが、苔《こけ》で濁っている。

カワイクナイ！　クサイ！

しかし入ってしまったものはしかたなく、出口を目指して歩くことにした。

その順路の中で僕が目にした水族館の全貌とは、このようなものであった。
①最初に登場する巨大な水槽。しかし、鮒《ふな》が二匹、水面でパクパクと口を開けているだけ。

②小さな水槽がズラッと並ぶ。ひとつの水槽につきひとつずつ、ウニが飼われている。たまに、ウニすらいない水槽もある。

③円柱形のわりと大きめな水槽。すぐに仲間を裏切りそうな顔をした愛嬌ゼロの顔の魚が、底に沈んでいるだけ。

④階段を上る。すると先ほどの円柱形の水槽を上から眺めることのできる仕掛け。眺めたところで、なにも得しない。

⑤突然現れる、どの水槽よりも大きい、「館内禁煙」の看板。

⑥一際大きな水槽が現れる。熱帯魚などが泳いでいるが、ポロシャツを着たままの従業員がヒマでも持て余したのか、その水槽の中で素潜りをしていた……。

⑦池が登場。ただ鯉《こい》が半死の状態で浮いているだけ。

このような、ナイトメアでしかない世界を無理やり見せつけられたのち、出口の外へと突然に放り出された。

ふとうしろから人の歩く音がしたので振り返ると、入り口でチケットをもぎっていたおじさんが、全身ずぶ濡れの状態でポタポタと水を滴らせながら歩いてきていた。さっき水槽で素潜りを敢行していたのは、あなただったのですね……。

カワイクナイ！　イミガワカラナイ！

さて、水族館をあとにした僕は、その後も無人の空間が広がるダムセン公園を、特にアテもなく歩き続けた。

ダムセン公園は、当初の予想を大幅に裏切り、「カワイクナイ!」のエレクトリカルパレードを次々と僕に放ってきた。

檻の中で、ずっと頭を左右に振り続けている、ソフトに狂った熊たち。

「ガハハハハ」という、悪魔的な笑い声がそなえつけのスピーカーからずっと流れているだけの、お化け屋敷。

馬の首がとれかかっている、メリーゴーラウンド。

それらがすべて、無人の公園内で展開されているのである。怖い。ひたすらに、怖い。


公園の奥にたどり着いた。

そこには、ジェットコースターがあった。レールを見上げると一回転ループや急こう配に富んでいる、なかなかに本格的なジェットコースターである。

ここはひとつ、ジェットコースターで風を斬り、気分を切り替えよう。そう決めて、車体に乗り込む。なぜかジェットコースターはチケットが要らなかった。

従業員のおじさんはひとりだけで、乗客ももちろん、僕ひとりだけだった。おじさんはめんどうくさそうに安全バーを下ろすと、携帯電話で誰かに連絡を取り、搭乗口に置かれたパイプ椅子に座った。

そして、ジェットコースターが発車しないまま、一〇分が経過した。

「あの、すいません……。これって、なんの時間ですか……?」

安全バーにがっちりと固定されている状態の僕は、首だけを使ってそのおじさん従業員のほうを向き、問いかけた。

「ああ、オレはジェットコースターの安全バーを下ろすだけの役目なんだよ。いま、発車ボタンを押す係のやつを呼んでいるから、ちょっと待ってくれ」

そしてそこから、さらに一〇分が経過した。

「すいません、まだですかね……」

ジェットコースターに固定された僕。パイプ椅子に座ったままのおじさん。初めて会った人と、動けない状態でずっと無言のまま過ごすというのは、なかなかに、地獄だ。

「うーん、ちょっと待ってくれ。もしかしたら発車係のやつ、昼飯を食っているのかもしれない」

そして、さらに一〇分が経過した。

「あの、もういいです……。安全バーを上げてもらっていいですか……?」

観念した僕は、おじさんにそう頼んだ。するとおじさんは、こともなげに、こう返してきた。

「悪いね。安全バーを上げる係は、他のやつなんだ。いま呼ぶから」

カワイクナイ！　ツウカ、ナンダコレ！

こうしてダムセン公園で惨敗を喫することになった僕は、次なる目的地である、スイティエン公園を目指すことにした。

ダムセン公園と同じく、ホーチミン郊外に位置するスイティエン公園。

ちょっと嫌な予感もしていたが、しかしガイドブックによればスイティエン公園にはサーカス小屋があり、「動物たちの愛くるしいショー」が毎日開催されているという。僕はそのサーカスに、「カワイイ！」の巻き返しの望みをかけることにした。

スイティエン公園は、ダムセン公園よりも遊園地感の強い、本格的テーマパークであった。

こちらは無人ではなく、なかなかの客のにぎわいである。

そしてそこには、「カワイイ！」とか「カワイクナイ！」とかを通り越した、もはや意味不明の世界観が広がっていた。

千匹ものワニが放された池での、ワニ釣り体験。

すごく雑な造りの、ホグワーツ城。

なんの脈略もなく設置されている、巨大な仏像群。

それでも僕はいちるの望みをかけて、園内のサーカス小屋へとたどり着いた。

サーカス小屋の前に掲げられた写真。そこには可愛らしいトイプードルが輪くぐりをしている様子や、オウムたちの空中ショーの様子などが展示されていた。

イケる。これは、期待できる。やっと「カワイイ!」の予感に出会えた。

ドキドキしながら、その小さなサーカス小屋へと足を踏み入れる。

どっぷりと腹の出た動物使いの男がムチを持っている。その男が笛を吹くと、子猿たちが三匹、三輪車に乗って袖幕から登場した。

カワイイ!

ン?

カワイイ……?　のか、これは……?

なんというか、子猿たちの目が、死んでいるのである。

そして、その子猿たちを眺める動物使いの男の目もまた、死んでいるのである。

いや、待て待て。ここからだ。きっとこのあと、子猿たちは可愛らしいパフォーマンスショーを展開してくれるに違いない。

ところが。子猿たちはただただ乾いた目で三輪車のペダルを漕ぎつづけるだけ。ずっとサーカス小屋の場内をぐるぐると周回することだけに腐心しているのである。もうこのまま周り続けていると、バターになってしまう。そんなハラハラ感さえ漂い始めたところで、やっと違う動きがあった。

子猿たちが、客のほうに手をのばし、指をくいくいっ、とやり出したのである。チップの要求であった。

僕と目が合う、悲しい瞳を浮かべた子猿。哀れに思った僕は、その子猿にベトナムドン紙幣を何枚か渡した。

すると子猿はサッとそれを受け取るなり、すぐさま動物使いの男にその紙幣を渡した。男は憮然《ぶぜん》とした表情でそれを胸ポケットにしまうと、スタスタスタスタと袖幕のほうへと消えた。

そして子猿たちも、役目を終えたと言わんばかりに、いきなり三輪車から降り、そのまま徒歩で男のあとに続いて消えていった。

場内に、スピーカーから流れる「本日のサーカスはこれにて終了デース」という声が、虚《むな》しく響いた。

カワイクナイ！　ツライ！

帰りがけ、受付の人に「写真にあったトイプードルやオウムはどうしたんだ？」と問い詰めたところ、「四年前に死んだ」とこともなげに言われた。

こうしてベトナムの「カワイクナイ！」に逆転ホームランを放たれた僕は、そのままホーチミン市内へと戻った。

せめてカワイイ雑貨でも買って気を取り戻そうとしたが、露店の中で見つけた猿の置物に先ほどのうらぶれサーカスの子猿たちの姿を重ねてしまい、ただただ心が痛かった。

そして、二回戦で敗退した甲子園球児がグラウンドの砂を持って帰るような心持ちで、その猿の置物を買い求めた。

ベトナムの夜は、こうしてカワイクナイまま、ふけていくのであった。

〈ニューヨーク〉「SEX&THE CITY」が言えなくて

真冬、ニューヨーク。

極寒の気温であるその中で。上を見上げれば、「ウィキッド」「ライオンキング」「オペラ座の怪人」など、世界的に有名なブロードウェイミュージカルの大看板がビルにベタベタと貼りついている。ここは、あの、タイムズスクエアだ。

そして僕は、そのタイムズスクエアで、紙おむつを穿《は》いたまま、もう八時間も同じ場所に突っ立ったままだった。

ビルの隙間から、寒波が流れ込む。耳が凍ってそのままちぎれてしまいそうだ。この場所から動こうにも一歩も前に進むことすら叶わないというこの状況下で、僕の意識はもはやフリーズ寸前。朦朧とする頭で、こんなことを思う。

「僕はいま、なんで紙おむつを穿いて、タイムズスクエアの真ん中で棒立ちに……？」

すべては、恋心のせいだった。

心の中に〝女の子ちゃん〟がいる僕。

普段の生活の中でも、様々な局面で僕の男側の意見と〝女の子ちゃん〟側の意見とがぶつかり合い、そのたびに揺れることになる。

たとえば映画DVDを観ようという時は、「釣りバカ日誌」を観ようか、それとも「(500)日のサマー」を観ようか。マンガを買おうという時は、『グラップラー刃牙《バキ》』を買おうか、それとも『動物のお医者さん』を買おうか。今日は休みだからどこかに出掛けようかという時は、環七に油そばを食べに行くか、それともマザー牧場へ行って羊毛リース作り体験に参加しようか。

こうして逡巡《しゅんじゅん》を重ねながら、結果的に男側の意見を採用してみたり、時には〝女の子ちゃん〟側の意見を採用してみたりと、上手くバランスを取りながら生きている。

ところがこれが、恋の局面ともなると、バランスが大きく崩れる。

恋をする時は、必ずと言っていいほど、〝女の子ちゃん〟側の意向が主導権を握ることになる。


初恋は、幼稚園児だった頃。相手は、男の子。

もうこの時点で、〝女の子ちゃん〟が恋心のハンドルを握っていたことは明白である。

念のために説明しておくと、僕が同性である男の子に恋をしたのはこの時一度きりで、以降の人生においてはずっと異性に恋をしている。幼稚園児の頃、男の子に恋をしてしまったのは、まだ性の仮免状態、つまり性的に未分化な中で、よくわからないままに〝女の子ちゃん〟の部分が恋のギアをトップに入れてしまったのだと思う。

初恋のその男の子の名前は、坂田くん。転園生としてスミレ組の教室に颯爽《さっそう》と現れた彼は、ヒョロッとした長身に、甘栗のような可愛らしい瞳、髪は天然パーマが混じっていてどこかエキゾチックな雰囲気を漂わせていた。坂田くんを一目見た瞬間、生まれて初めて、恋心が爆《は》ぜた。国語の教科書風に言うなれば、赤い実がはじけた。

とはいえ、それは幼稚園児の恋。どう名づけられているのかも知らぬ胸の鼓動、その処理の仕方もわからない。とりあえず、坂田くんにだけ自分の作ったとてもキレイな泥団子をプレゼントしたり、ハート型のシールを坂田くんの背中にこっそり貼ってみたり、僕と同じく坂田くんに恋心を抱いていたライバルのエリナちゃんを園庭の隅に呼び出して木の枝で眉間を刺してみたりと、その発達段階途上の幼い頭で思いつく限りのアプローチを実行したものの、一向に功を奏することはなく、僕の母親が園に呼び出されてエリナちゃんの親に謝罪したりするだけであった。

ある日のこと。園のチューリップの花壇にかくれて放尿をしたところ、それを見ていた田所くんという男子が先生に密告、僕は生まれて初めて大人から頭ごなしに叱られた。そしてその説教おわりにクイックで僕と田所くんのケンカが勃発。「なんで先生に言ったんだ」と泣きじゃくる僕に対して、田所くんは「お前なんか、カキ氷を食べた後に、お湯を飲め」という謎の罵倒で応戦、ふたりは園庭で、もみくちゃになった。すると横を通りがかった坂田くんがこちらに寄ってきて、僕のことを助けてくれるのかと思いきや、「それは花壇におしっこするやつが悪い」と田所くんの肩を持つ発言をし、その瞬間、僕の淡い初恋はスッと消えた。

それから大人になり、僕は次に様々な女性に恋をするようになった。
ただ、女性に恋をする時でさえも、〝女の子ちゃん〟は全面的に恋愛ハンドルを握っていた。

付き合っている彼女が、少しでも仕事で忙しくなると、「どうして最近、会ってくれないの……？」などと非常にめんどうくさいメールを送るようになる。さらには相手が電話に出るまで何度も発信を繰り返し、彼女の着信履歴には僕の名前だけがずらっと秒刻みで並ぶという、もはやめんどくさいを超えてホラーな事態に。
彼女に別れ話を切り出されると、「やだ！　そんなの、絶対に、嫌だ！」とイヤイヤみたいなポーズで身を揺すり、それでも別れることになってしまうと家に帰って部屋でひとり、机に突っ伏しながら「ワッ」と嗚咽《おえつ》する。

ある女性には「あなたと付き合っていると、彼氏と遊んでいるというより、女友だちと遊んでいる気分になる」という理由でフラれたこともある。

どうして恋が絡むと、こんなにも〝女の子ちゃん〟が全面的に現れてしまうのだろうか。

僕は、女性が好きである。もう頭の中は異性でいっぱい、みたいな男である。スケベと呼んでもらっても、まったく差し支えはない。

にもかかわらず、色っぽいお店に行ったことが一度もない。色っぽいお店、とわざわざぼかして書くほどに、「風俗店」というものに言葉からして嫌悪感を抱いているのである。

いや、嫌悪感というより、なんというか、ああいうお店が、なんか怖い。

だってお金払ったらすぐさま初見の女の人と部屋でふたりっきり、しかも互いに裸になるだなんて、逆になんでみんなあれが平気なの？　という疑心を持っている。

それから、友人との会話の中で性行為のことをどのような呼称で表現したらよいものなのか、しばしば頭を悩ますことがある。

男らしく、ストレートに「SEX」などと呼ぶのは、なんだか抵抗がある。大きなリスクも感じる。会話の相手もきっと「こいつ、唐突にヘッドバンキングを始めた！」とばかりに驚くに違いない、と躊躇してしまう。

「SEX」の響きにはどうしても、いきなり感があるように思う。性行為のことをナチュラルに「SEX」と呼んでいいのは、なんだかわからないけど、土屋アンナだけだと思う。じゃあ「エッチ」と呼べばいいのかというと、これも激しく違う。性行為を「エッチ」と呼ぶのは、マムシ酒をキキララの包装紙でラッピングしているようなものだ。ファンシーさで隠すことで逆に違和感が際立ってしまう。「エッチ」と発言していいのは、なんかわからないけど、アパホテルの女社長みたいな人だけだ。

ちょうどいい湯加減の性行為の呼称というものが、どうにも、ない。

「情事」は団地感が強すぎるし、「愛し合う」ではジョンとヨーコ感が強すぎる。「なかよし」などという呼び名もあるらしいが、これはちょっと糸井重里感が強い。丸みが、濃い。学生の頃、男友だちに「恋人とラブホテルに行った」という自慢話を聞かされた。「へえ、スロットマシーンが部屋にあるんだね……」などと妖精みたいな声で受け答えをしつつ、僕は胸をドキドキさせていた。そういう話は、ついついウブに聞いてしまう。

「それで、その、つまり、キミは、あれかい？　その……」

話の核心に迫ろうとして、僕は言葉選びに足を止めた。性行為のことを、いったいなんと表せばいいのだろう。そして僕は意を決し、とんでもない賭けに出てしまった。

「変なことをしたのかい？」

大失敗だ。

僕は地雷を踏んでしまった。「変なこと」って。これ以上ない、気味の悪い表現である。いまでもあの時のことを思い出すだけで、「ギャー」と叫びながら枕に顔をうずめたくなるような衝動に駆られる。


このように、性にまつわる案件について僕がどうしても奥手になってしまうのは、他ならぬ〝女の子ちゃん〟のしわざだと思っている。

〝女の子ちゃん〟が、性的なものに対しての嫌悪感や抵抗感を表明しているのだ。


しかし、いつまでもこんな調子では、僕は恋というものに対して、ずっと空回りの状態で挑まなくてはならなくなってしまう。

たまにはドーンと、男らしく「キミをみた瞬間から恋に落ちたのさ。もちろん『みた』は『魅た』と書くのさ……」的な口説き文句のひとつでも言ってみろよ！　なんてことを思う。

恋に関して〝女の子ちゃん〟と折り合いをつける、なにかのきっかけはないものか。

そんなことを思っていたある日のこと。

自分が作家および出演者として参加しているコントのカンパニーが、アメリカはニューヨークでライブを敢行することになった。日本でちまちまとコントをやっていても、どうにもパッとしないので、ここはひとつ景気づけにニューヨークでライブでも開催するか！という建前と、単純にみんなで海外旅行をしてみたいという本音とが入り混じったうえでの、決断だった。

時期は年末、真冬のニューヨークである。

「寒いんだろうなあ……言葉とか通じないんだろうなあ……」

初めてのアメリカ旅行を前にして、僕はとてもナーバスになっていた。

アメリカに対しては、他の国とは違う、一種の憧れのようなものをかねてから抱いていた。みんなスタバのタンブラーを手に持ち歩き、子どもたちはつまらなそうな顔で路上でレモネードを売り、学生たちは授業終了のチャイムと同時に「ヒャッホー！」と騒ぎ、パパ、こんどの日曜日にダンスパーティーがあるから車を借りてもいい？　ああ、いいとも、お前は世界一の息子だ、ＨＡＨＡＨＡ、みたいな、映画の中のアメリカのイメージに僕は憧れていた。憧れているからこそ、初めてのアメリカ、それもニューヨークへの旅は僕を妙に緊張させていた。

そんな出発前、そのコントカンパニーのスタッフが、会議中にこんなことを漏らした。

「タイムズスクエアのニューイヤーカウントダウンって、年が明けた瞬間に、近くにいる人とキスをするらしいですよ」

え……？　と、耳を疑った。

「それは、その、見知らぬ人同士が……？」

おそるおそる尋ねると、そのスタッフは
「ええ、たぶん」

とそっけなく答えた。


これだ。

次の瞬間、僕は確信めいたものを得た。

真冬のニューヨーク、新年の花火が摩天楼に上がる中、見知らぬアメリカ人女性と、最高のキス……。

これほどまでに大人の恋が、かつてあっただろうか？

これは絶対に、僕の女々しい恋愛体質を捨てる、よいきっかけになる！

このシチュエーションには、ちょうどよさがある。

男としてはなによりも「行きずりの相手とキス」という設定にドキドキ感を覚えるし、

さらに「ニューヨークのカウントダウン」というオブラートがそれをマイルドに包んでいるので、〝女の子ちゃん〟も性的な抵抗を感じることは、ない。

いいじゃん！　タイムズスクエアのカウントダウンでキス、すごくいいじゃん！　恋に関して〝女の子ちゃん〟と折り合いをつける、いいきっかけじゃん！　大人のキスだ。大人の恋だ。ニューヨークで、大人のキスをして、大人の恋をしよう。女々しい恋は、ニューヨークの下水道に捨ててこよう。そうだ、そうしよう！

こうして僕は、わりとしょうもない下心を密輸しながら、機上の人となった。

〈ニューヨーク〉紙おむつで、キスを待つ

ニューヨークへの旅は、行きの機内からして、〝女の子ちゃん〟を騒がせるものだった。北米大陸に近づいてきた際、「ただいま、左手前方にオーロラが出ております……」というなんともロマンチックな機内アナウンスがあり、窓にへばりつくようにしてそれを眺めた。

（やだ、感動……）

〝女の子ちゃん〟、が目を潤ませていた。

機内は乾燥していた。僕は来るべきカウントダウン・キスにそなえて余念のないように、リップクリームを塗った。そして隣の席に座っている同行の人たちに、

「カウントダウン会場には世界から人が集まるから、キスの世界一周だって夢じゃないのさ」

「空港に降りたったら、すぐにキスミント的なガムを買い、口の中をフローラルにする予定さ。アメリカに入るやいなや、すぐにキスにそなえるという、隙のない行動さ」

などとスネ夫の口調でキスに関することばかり喋っていた。これからライブが控えてい

るというのに、下心でしかものを喋らない僕に対して、皆一様にげんなりとした顔をしていた。

最も軽蔑すべき東洋人が、凄まじい速度でアメリカへと迫っていた。

その罰であろうか、到着した日のニューヨークはその日、記録的な大雪であった。

雪をかき分けてなんとかホテルに到着、しかし窓から外を見れば路駐の車を覆い隠すような積雪である。

「今日はホテルでじっとしていたほうがいいね」

しかし、僕にそんな声は届かなかった。一二月三一日、カウントダウン・キスの本番まで、あと三日。いてもたってもいられず、ホテルに荷物を下ろすやいなや、「キスの現場を下見だ！」とタイムズスクエアまで歩いて向かうことにした。下見をしたからといって、キスできる可能性が一％も上がるわけではないのに……。

大雪に足をもつれさせ、息を切らせながら、タイムズスクエアへと到着した。おお、これがタイムズスクエア。なんというか、テレビで観るのと、まったく同じ風景である。

「なるほど、まずここで隣の子を優しく抱きしめて、と……」

「近くに売店、か。よし、ここでキスの前にコーヒーをおごって、相手をリラックスさせることもできるな」

などと、タイムズスクエアのど真ん中でキスの脳内リハーサルをしっかりと行う僕。本当にやらなければいけないのは、二日後のライブのリハーサルだというのに。

たっぷりと予行を行ったのち、その足でフーターズへと向かった。アメリカ名物、ウェイトレスの女性がホットパンツとタンクトップで接客してくれるファミレスである。最近では日本にも何店舗か進出している。そのフーターズで、キスのことを考えたり、ウェイトレスのホットパンツをチラ見したりしながら、終始半笑いで油にまみれたチキンなどを食べた。

アメリカに来た初日、尊敬できる行動を一ミリもしないというのは、ある意味すごい。

それからも僕は、ニューヨークでずっとキスのことばかりを考えていた。

自然史博物館で巨大なクジラの模型を眺めながらも、頭の中はキスでいっぱい。

メトロポリタン美術館であの有名な「青いカバ」を鑑賞しながらも、頭の中は顔も知らないあの娘《こ》の唇でいっぱい。

ブルックリンブリッジを渡りながらも、頭の中は接吻《せっぷん》の予感でいっぱい。

僕がNY市警だったら、こんな男、迷わず撃つ。こんな男、ニューヨークの街角に野放しにしてはいけない。

しかし、僕がこんなにも気分が盛り上がっている大きな要因、それはニューヨークの街角の風景がホンモノ感に溢れているからでもあった。

クイーンズの赤い煉瓦《れんが》造りの住宅。ハイラインから見渡す凍ったハドソン川。湯気がたちのぼるマンホール。白い息を弾ませながらコーヒースタンドの店員と喋る黒人の少女。iPodを耳にしてセントラルパークを走る市民ランナーたち。

もう、そのすべてが映画で観た通りの風景であり、そして日本の都市部の風景はこれのコピペでしかないことに気がつく。〝女の子ちゃん〟も、ラルフローレンの娘が経営しているお菓子屋さんのカワイすぎる内装に感嘆し、ニュー・ミュージアムの独創的な建築に夢中で一眼レフのシャッターを切っていた。

ホンモノ感に溢れた街角の景色、それに包まれているだけで「この街でだったら、ホンモノの恋ができるかも……」という気がしてくる。ニューヨークの魔法、それはなんでもホンモノに見せてしまうというものであり、その魔法に夢を見て、みんなこの街にやってくるのだとやっと気がついた。

というか、自分もそもそも、その魔法を求めてニューヨークでコントライブをやりにきたわけなのだが、どういうわけだかいまはホンモノのキスをすることで頭がいっぱいである。そしてそのトーンはそのままライブ本番の日まで継続し、リハーサルを雑に済ませて、本番自体も非常にアバウトな感じで終了、パラパラとした中途半端な拍手に包まれながらも反省の言葉などひとつも残さず、「さてここからが本番だ」とニューヨークに来てから何十回目ともわからないリップクリームを唇に塗り、スタッフたちを幻滅させた。

もう、なにかの病気である。


そしてやってきた、一二月三一日、大晦日《おおみそか》。

朝のセントラルパークのベンチで僕は、アイスクリームの添えられたワッフルを食べていた。甘いものを口にして本日真夜中に控えているであろう甘いキスを仮想する、というよくわからないトレーニングをしていたのだ。

「さて、そろそろ行くか……」

意を決して立ち上がる。そして向かった先はカウントダウンの会場であるタイムズスクエアかと思いきや、まずは近くの適当なホテルのトイレに立ち寄った。紙おむつを穿くためである。

現地に着いてから知ったことなのだが、タイムズスクエアのカウントダウンというのは、世界各国から人が押し寄せる大イベントであり、その人出はモンスター級なのだという。会場には昼から溢れんばかりの人が到来し、そして十四時過ぎに立ち入りがすべて封鎖される。つまりカウントダウンに参加するためには、およそ一〇時間もの間、すし詰め状態となったまま年明けの瞬間を待つという苦行を強いられるのである。

この情報を知った時、一瞬「やっぱり参加はやめておこうかな……」という思いがよぎらないでもなかったが、しかし自分のホンモノの恋はこのニューヨークから始まるのだと言い聞かせ、改めて参加を決意した。

ここで最大の問題となってくるのは、トイレである。なにせ道は封鎖され、なにより一歩も動けない状況。もし尿意を感じた場合、どうしたらよいのか。しかも真冬の凍《い》てつくニューヨーク、尿意だけではなく、お腹を下す可能性すらある。万が一、様々なものが漏れ出てしまった場合、どうなるのか。まず、キスはないだろう。下半身からあらゆるものが漏洩《ろうえい》している外国人とキスするなんて、自分でも嫌である。「おもらし野郎は家でママとキスしな」。そんなハリウッドなセリフのひとつも、リアルに飛び出すってものである。

そこで、紙おむつの登場だ。これをズボンの下に穿いてさえいれば、万が一の事態が起きたとしても大丈夫。安心の一品である。

僕は、大晦日前日に街のスーパーマーケットで大人用の紙おむつを買い求めていた。その紙おむつをホテルの個室で静かに装着する。拝啓、お母さん。あなたの息子はいま、外国人とキスをするためだけに、異国の高級ホテルの個室でおむつを穿いています……。

かさかさとした、普段の生活の中にはない違和感が、僕の臀部《でんぶ》を包む。〝女の子ちゃん〟が

（おむつを穿いた状態で、本当に大人の恋なんてできるの……？）

と疑問の声を発したが、僕はそれを無言でスルーした。


人。人。人。

十四時のタイムズスクエアには、すでに何万人もの人でごった煮の状態になっていた。想像していた以上の、過密っぷりである。

なんとか入場ゲートを通り抜け、会場内へと入る。メインストリートからちょっと外れた、裏道である。メインのステージのちょうど裏手に位置しており、はっきりいって眺めはよくない。それでも一歩たりとも動くことのできない満員電車状態なのだから、とんでもない数の人がこのタイムズスクエアに押し寄せていることがわかる。

このまま、ここで一〇時間を待つのか……。そう思うと、それだけで意識が飛びそうになった。

入場ゲートが、事前情報通り、あっという間に封鎖される。これで完全に缶詰の身となった。

こうなったら、キスの甘い夢想を繰り広げることでこの地獄の一〇時間を待つしかない。腹を括《くく》った僕は、辺りを見回した。今日の恋のお相手は、いったい、誰だ？

そして、愕然とした。男だらけなのである。いきなりの想定外な状況に困惑しつつ、隣に立っていたバドワイザー腹のおじさんに話しかけてみた。

「おひとりで来られたんですか?」

「ああ。カナダから家族でニューヨークに遊びにきたんだけどね。ワイフも娘も、人混みのカウントダウンは嫌だって言うもんだから、今日はオレひとりでの参加さ」

「……娘さんはおいくつなんですか?」

「今年で一八歳さ。ワイフに似て可愛いぜ、見るかい?」


そう言うとそのカナダ人おじさんは、携帯電話の待ち受け画面を見せてくれた。そこにはブロンドの髪をした、天使のように可愛い女の子が微笑んでいた。おじさん、今からでもいいから、ホテルに戻ってご家族を説得してもらえませんか……? そんな無理難題を迫りたくなったが、そこまでの英語力はなく、諦めた。

前にはやけに鼻の高い青年たちの集団がいた。聞くと、スペインから遊びにきたのだという。スッと伸びた背丈が、少しだけ初恋の坂田くんを感じさせ、一瞬〝女の子ちゃん〟がドキッとする。ちがうちがう、そういう恋をしにきたのではない。大人の男としての恋をしにきたのだ、僕はここに。

うしろはひょうたん型の顔をした、いかにもITオタクっぽいアメリカ人中年男性。斜め横にはアラブ系の中年男性の集団、そしてその両隣にも各国の中年男性がスタンバイしていた。つげ義春の『ねじ式』というマンガ作品に「ちくしょう目医者ばかりではないか」という名ゼリフが登場するが、僕の口からはこの時「ちくしょう中年男性ばかりではないか」という名ゼリフがナチュラルに出た。

それでも執念深く、目を双眼鏡のようにして辺りを注意深く見渡していると、少し離れた位置に、青いフリースを着た北欧系の女の子がひとりで立っていた。僕と同い歳くらいだろうか。

可愛い。とても、可愛い。

しかし、この身動きがまったくとれない状況、三メートルと離れていない彼女に近寄ることすら、至難の業である。変わり映えのしないビルの風景、巨大モニターに繰り返し流れる単調なCMが、ナメクジの歩みのようなゆっくりとした時を刻んでいく。特にイベントめいたこともステージの上で展開されず、ただじっと立ち尽くすだけの人の群れ。その中を一時間かけ、二時間かけながら、じりじりと移動をし、軽犯罪者の目つきを浮かべながら、少しずつ彼女の近くへと身を寄せていく。そしてようやく彼女の真隣へと到着したのは、移動開始から四時間が経過した頃であった。

「やあ、こんにちは」

タイミングを見計らい、彼女に声をかけた。

「どこから来たの？　ひとり？」

驚いた。これではまるでナンパではないか。なんと男みたいなことをしているのだ、自分は。「ニューヨークでどうしても大人のキスを成就させたい」。そんなドス黒い一心が、ついに僕に人生初のナンパを敢行させていた。

「あたしはスウェーデンからひとりで来たのよ。あなたはどこから？」

突然に声をかけてきた僕に対して、まったく嫌悪感を示さず、微笑んで彼女はそう答えてくれた。もう、それだけで恋に落ちそうだった。

「僕はニッポンから来たんだ。このカウントダウンに参加するためにね」

「そう！　あたしもこのカウントダウンに来るのが夢だったの。今日は一緒に楽しみましょうね！」

イケる。すごく、イケる気がする。どう考えても、これはキスできる状態ではないか。予感が溢れ、心臓音が高鳴る。

この予感をさらに確実なものにするために、カウントダウンの瞬間までもっと彼女と親密になろう。そんな一〇円玉のような算段から、ペラペラと彼女に話しかけた。彼女は拙い僕の英語にも親切に耳を傾けてくれ、色んなことを僕に教えてくれた。

「いまは学生で、アートの勉強をしているの」

「ニューヨークは憧れの場所。いま自分がタイムズスクエアに立っているだなんて、信じられない！」

「へぇ！　あなたもメトロポリタン美術館に行ったの？　どうだった？」

「え、あたしがおむつを穿いているか？　いや、穿いてないけど……？」

思いのほか会話が弾んだことで調子に乗り、ついついセクハラと思われてもしかたのない質問までしてしまった。一気に引いた表情を見せる彼女。しかし「違うんです、これはセクハラではなく、このカウントダウン参加者はどのくらいの割合でおむつを使用しているのか知りたかったんです。現にいま僕は紙おむつを穿いています、ほら」などとやってしまっては、ますます誤解を招くおそれがあるので、あいまいに笑って誤魔化《ごまか》した。彼女はそれっきり、とぎれとぎれにしか僕と喋ってくれなくなった。


しかし、この彼女のトーンダウンに、僕が落胆することはなかった。陽が落ちるにつれて、タイムズスクエアの会場が次第に盛り上がってきたのである。

「あと五時間でカウントダウンの瞬間です！」とアナウンスが盛り上げる。世にも珍しい、カウントダウンへのカウントダウンである。こうやって無理やりにでもイベントを発生させないと、立ち尽くした人々の気持ちは飽き死んでしまうおそれがあるのだろう。

時間が深まるにつれて、さらに盛り上がりは高まっていく。このイベントのスポンサーであるニベアが「カウントダウンの瞬間はわが社のリップクリームを塗ってキスをしよう！」と煽り、有名アーティストたちが生ライブを展開する。カウントダウン前からして、この高揚感。こうなってくると年明けの瞬間のテンションたるや、想像でも計り知れない。いまはテンションが落ちている彼女も、きっと雰囲気に飲まれて、僕にキスをしてくるに違いない。

ステージの上では、バックストリートボーイズが歌い踊っていた。

「まさか裏道からバックストリートボーイズを観ることになるなんてね」

そんな小粋なジョークを飛ばすと、彼女は小さく「ふふ」と笑った。やっぱり、イケる。

しかし、地獄はここからであった。

極寒のタイムズスクエア、そこで身体を動かさないこと八時間が経過した辺りで、骨に痛く染みるような悪寒が襲ってきた。ストレッチをしなければ、このまま凍死してしまうのではないか。しかし、そのようなスペースなど、あるはずがない。見れば隣の北欧の彼女も、唇を真っ青にしている。北国の彼女でさえこんなにも辛そうなのだから、僕がこの状況に耐えられるはずがない。次第に歯の根が合わなくなり、頭の中がフリーズドライしていく。何も、考えられない。

思わずその場にしゃがみ込む。人の脚がまるで森のように広がっているその景色の中に、僕と同じくしゃがみ込む人々が点在しているのが見えた。みんな、そこまでしてカウントダウンをしたいのか、と他人事のようにあきれた。

唇が水分を失い、皮が樹皮のように硬くなっていく。リップクリームはすでに尽きており、こんな醜い唇ではキスなどできぬと、その皮をびりびりと指で剝《む》く。血の味が口いっぱいに広がる。もはやここは地獄か戦場か、みたいな心地であった。


そしてついに訪れた、カウントダウンの瞬間。

「ダンシング・クイーン」にユーロビートを効かせた曲がかかり、会場を底から無理やりに盛り上げていく。僕も立ち上がり、無我夢中で身体を上下させる。隣の彼女も、白目をむきながらダンスをしてなんとか自分を保っている。

誰も褒めてはくれないのに、参加者全員がタイムズスクエア一帯で、必死な舞い踊りを展開していた。

「いよいよ三〇秒前です！」

待望のアナウンスが流れた。

「三〇、二九、二八……」

オーロラビジョンに映し出されたカウントを、隣の彼女と声を合わせて叫ぶ。見れば彼女は恍惚感を顔いっぱいに表していた。

「もう、どうにでもして」

その表情から、勝手にそんなメッセージを受け取る、僕。このテンションの高まり、一緒に同じ時間を過ごしたという共有感、そして地獄の時間を共に経たことで得た吊り橋効果。そういったものが渾然一体となり、あとはカウントダウンの瞬間、皆が一斉にキスを始めてくれさえすれば、その雰囲気に後押しされて僕と彼女も確実にキスをすることになる。そんなリーチ状態の中に、僕はいた。

ここで温厚な日本人観光客の化けの皮を自ら剝ぎ、キスの亡者と化しながら、年明けとか正月とか日本にいる家族の顔とかそういうものを一切忘れて、力の限りに、カウントを叫ぶ。

「三、二、一、〇！　ハッピー・ニューイヤー！」

花火が鳴り響き、摩天楼の夜空を隠すほど大量の紙吹雪《かみふぶき》が舞う。

さあ、時は来た！　あとはキスの嵐だ！　タイムズスクエアに集いし男女たちよ、いまこそキスをするのだ！　そして全体に甘いムードを作り出し、僕とスウェーデンの彼女をスムーズに接吻へと持ち込むのだ！　いでよ、ムード！

ところが、である。

誰も、キスしていない。

いや、強いて言えば、している。二〇〇人に一組くらいの割合で、している。

しかし、とてもではないがこれでは、隣の彼女とキスできるようなムードではない……。嵌《は》められた。僕はその時になって、やっと「タイムズスクエアのカウントダウンはキスし放題」という情報が誤りであったことを知った。いくら自由大国アメリカといえど、誰かれかまわずキスなんて、するわけないじゃないか。

結局、北欧の彼女と唇を重ねることなどできず、ましてや恋が生まれることもなく、だらしない感じでそのまま別れた。別れ際、「また会えるといいわね」と彼女はハグをしてくれた。僕はなるべくねちっこいハグを返し、そして未練たらたらのまま、ホテルへと戻った。

カウントダウンからの帰りで大勢の人が波のようにうねるその帰り道、どうしても間に合わず、紙おむつの中で放尿した。

〈ボルネオ〉〝女の子ちゃん〟はブログが好き

僕は、無類のいきもの好きである。

この傾向にも、きっと〝女の子ちゃん〟からの影響がある。猫に対する過剰なリアクションと同様、愛くるしい姿のレッサーパンダやキツネなどに対して無条件で（カワイィィー！）と叫ぶ心の中の〝女の子ちゃん〟を何度も確認している。

しかし、愛くるしくない、たとえば昆虫や爬虫類《はちゅうるい》なんかも僕は好きなので、事はちょっと複雑である。ナナフシやギンヤンマ、シマヘビなども夢中で追い求めている時の自分、これはきっと〝女の子ちゃん〟によるものではなく、どちらかというと男としての性質によるものだと考えられる。

そう考えると境は曖昧で、いきもの好きに関しては特に〝女の子ちゃん〟と「男っぽさ」の二極論で考える必要はないのかもしれない。

ただ、ひとつだけはっきりとわかっていることがある。

僕が旅行ブログを書くことが大好きなのは、絶対的に〝女の子ちゃん〟によるものだ。

僕は、ひっそりとブログを公開している。旅のあと、時折だがそのブログに旅の思い出をしたためることがある。そして投稿記事と格闘している途中で、〝女の子ちゃん〟に憑《ひょう》依《い》されてそれを書いている自分に気がつく。

特に、〝女の子ちゃん〟に内包されているＯＬの人格「マサミ」、彼女の筆先によってブログを書いていることが多い。

いきものが好きで、自然が好きな僕は、よく野生動物観察を目的とした旅に出かける。こうした旅に出ると、必ずと言っていいほど「マサミ」の部分がその旅の途中で自然環境破壊の深刻さを嘆き、明日からは地球にやさしいシャンプーを使う、巨大企業に頼らないフェアトレードの商品を買うようにする、やっぱりオーガニック食品が一番、などとロハスな方向にシフトを入れ始める。

そして帰国後、いわゆるナチュラル系な生活用品を買いそろえるはめになるわけなのだが、そういった商品は値の張るものも多いため、生活費があっという間に枯渇する。そして僕はがんばって原稿仕事によりいっそう励まなくてはならなくなる。

しかし、「マサミ」はそこにすら介入してくる。

お金になる原稿を書かなければ話にならないのに、「マサミ」は今回の旅の中で見聞した地球の自然の素晴らしさ、環境破壊の深刻さをもっとみんなに広めなくてはならない！と躍起になり、ブログを書き始める。

お風呂上がりにアロエヨーグルトを食べながらしたためられるそのブログは、もちろん一銭にもならない。本当ならこんなことに時間を割いている余裕などないのだが、「マサミ」に僕の声は届かない。

ああ、「マサミ」って、本当にブログが好きなんだなあ。

そんなことを思いながら、僕のブログを書く手は止まらない。


ブログを書き終えてからしばらく時間が経つと、煮え立っていたロハス熱もほとぼりが冷め始めてくる。そうなってくるとすでに公開しているその熱いブログ記事の内容が、なんだかむやみに恥ずかしく思えてくる。そしてそっと、ブログの中から、野生動物観察の旅にまつわるその記事だけを、非公開設定にする。

で、またしばらく経つと、野生動物観察やエコツアーなどに出かける。そして旅の中で自然に触れて、その体験を自然愛啓蒙《けいもう》の意味も込めてまたブログに書く。

で、時が経つと、やっぱり非公開設定にする。

もうずっと、そんなことの繰り返しである。


そっとブログの管理ページにログインする。

そこには、かつてブログに掲載し、すぐさま人知れずそっと非公開設定にした、たくさんのエコツアー紀行記事がある。
しかし、実は、非公開設定どころか、記事そのものを削除してしまった投稿もある。

数年前、野生動物の宝庫であるマレーシアはボルネオ島のジャングルを訪れた。「マサミ」はボルネオの自然に触れたことで人生最大にエコ心を燃やした。そして帰国後、僕の抱えている仕事の締切もすべて無視して、徹夜でブログを書き上げていた。そこには「森林伐採によって、地球が泣いている……」とか「朝の森林浴でマイナスイオンを胸いっぱいに吸い込むという贅沢《ぜいたく》……」などといった、お前はインスタントのC・W・ニコルか、みたいな特に深くも目新しくもない自然派なセンテンスがぎゅうぎゅうに詰まっていた。

いや、自然を愛する者として、そして人間として、地球環境のことを想うのは、とても大切なことだとは思う。
でも、旅での見聞にあからさまに影響され、付け焼き刃みたいな意見を披露している自分のブログ。一週間経ってそれを読み直したら、顔から火が出るほどに恥ずかしくなった。そして、すぐさまそれをゴミ箱フォルダへと移動させた。

僕の我を忘れさせるほどに、「マサミ」のエコ心・オーガニック心・ロハス心を炎上させたボルネオ紀行とは、どのようなものだったのか。

すでに葬られてしまったブログ記事に無駄に鎮魂歌を捧げる意味で、あえて日記調にて、そのボルネオ紀行をここに記したい。書いているうちに、「マサミ」に筆を乗っ取られないことを祈りつつ……。

ブログトップ　記事一覧　画像一覧

2012年10月12日（金）

ボルネオは、遠い。近くて、遠い。

直行便であれば、日本からは5時間ちょっと。しかし週に2便しか運航されていないため、スケジュールを上手く合わせなければ直行便の利用は難しい。

そこで、LCCのエアアジア乗継便の登場だ。

「Low Cost Carrier」の略であるLCCは、その名の通り格安での利用が売りの航空会社のことで、アジア一帯では特にエアアジアがブイブイ幅を利かせている。エアアジアの路線では日本からクアラルンプール、さらにクアラルンプールからボルネオの中心地であるコタキナバルまでの路線があるため、今回はこれを利用することにした。クアラルンプールでの乗継便を待つ時間を含め、計12時間の旅。ボルネオは、

《《《《 次ページへ

近くて遠い島なのだ。

このLCCでの長時間の移動に、心の中の“女の子ちゃん”が出発前からぶーぶー文句を言っていた（格安航空なんてケチなこと言ってないで、せっかくの旅行なんだからシャンパンのサービスがあるような飛行機にしなさいよ！）。しかし、晩御飯にカレーを作った次の日も必ずカレーでその次の日はカレーうどん、というような非常にオーソドックスな貧乏暮らしをしている僕にとって、LCCの「格安」という響きは非常に魅力的なのである。納得のいかない様子の“女の子ちゃん”をなんとかなだめ、羽田空港へと向かった。

深夜零時過ぎ、エアアジアに搭乗。少しでもコストを下げるためなのか、LCCは空港使用料の安い深夜に発着することが多い。僕にとって初めてのLCC。少し、不安がよぎる。
僕は「格安」という言葉から、LCCの飛行機というのは機内に蜘蛛《くも》の巣がはっていて、床を踏むたびに「ミシッ」という音がして、CAさんにトイレの場所を尋ねれば「庭のむこうの離れにあります。カマドウマがいるけど気にしないでね」と返答される、みたいなプアー感を想像していた。しかし予想に大きく反して、エアアジアの機内は、いた

くくくく 次ページへ

って普通の機内であった。LCCでない飛行機との違いを挙げるとするならば、若干座席が狭い程度。一瞬だけ“女の子ちゃん”が嫌な顔をしたが、それくらいなら許容の範囲内である。

一安心して、座席に身を沈めたその時。ふと、機内BGMが流れていることに気がついた。このBGMによって、再び不安な気持ちが湧き戻ってきた。なぜかというと、その曲、歌詞がすこぶる陰鬱な内容なのである。聞き覚えのない男性歌手によるその歌詞、それをうろ覚えで模写するならば

「さようなら　また遊びに来てください　たいしたおかまいもできませんが　お茶くらいしか出せませんが　冷蔵庫で生ガキが腐ってますが」

みたいな感じなのだ。

搭乗した瞬間に「さようなら」と言われる衝撃もさることながら、なぜこの選曲？　この歌手、誰？　このダークさは、なに？　という疑問が頭の中を駆け巡り、しばらく情緒が安定しなかった。この謎のBGMは離陸直前まで流れ続けていた。

さて、飛行機内の楽しみと言えば、機内食にエンターテインメントサービスである。“女の子ちゃん”はこれらが大好き、普段から飛行機に乗るたび機内食をバシバシとスマホで撮ってフェイスブックにアップしたり、座席モニターで「ノッティングヒルの恋人」を観ながら涙したりしている。さあ、エアアジアの機内サービスは、一体どんな感じだ!?

と思ったら、期待していたような機内サービスなんて、なかった。

さすがはLCC、機内食はあるにはあるが、すべて有料。「アド街見ました」と申告しても、１円も安くならない。そして機内エンターテイ

次ページへ

ンメントについては、有料でPSPを貸してくれるという「いとこのお兄ちゃんか」みたいなサービスのみ。

「やっぱりLCCなんか乗らなきゃよかった……」と“女の子ちゃん”が後悔の色を示す。しかし、時すでに遅く、エアアジアはクアラルンプールに向けてますますギュイーンと高度を上げていた。

10月13日（土）

目が覚めると、マレーシアの首都、クアラルンプールに到着していた。クアラルンプールのLCC専用空港内は、いままで訪れたどの空港でも見たことのない、「監獄か」みたいな味気のなさであった。ロビーにてすごい格好で寝そべっているインド人を発見、それ以外は特に見どころもなく「峰竜太ってここ10年くらい、老けてない気がする」などといったことをぼんやりと考えながら3時間の待機時間をやり過ごした。“女の子ちゃん”も完全に閉口し、もう峰竜太のことを考えることにも飽き飽きした頃、コタキナバル行きのエアアジアジェットが

《《《《 次ページへ

到着した。

ターミナルにやってきたエアアジアジェットの機体は、なんだか安っぽいペイントが施されていた。日本から乗ったエアアジアの機体も真っ赤で「若手アイドルの私服か」みたいな安っぽさがあったのだが、クアラルンプールからの機体はそれのさらに上をいく安っぽさがあった。そして、なんか、エロい。
うすうす気づいてはいたのだが、エアアジアの全体イメージというか、ビジュアルイメージというやつは、チープなエロさがある。CAの人も皆一様に厚化粧でミニスカートだ。上手く言えないのだけど、「家でチワワを飼っている池袋勤務のデリヘル嬢」的なセンスがエアアジアには漂っている。“女の子ちゃん”としてはまったくテンションの上がらないセンスだ。

ここから３時間ほどかけ、正午にボルネオ島はコタキナバルに到着。ひとまず、12時間の長い移動はようやく終わった。
しかし、明日はさらに移動をしなければならないのである。
今回の動物観察旅行の目的地はコタキナバルからさらに離れたジャングル・ダナンバレー自然保護区という場所。ボルネオは島ではあるが、面積は日本の約２倍あり、マレーシアとインドネシアとブルネイという３つの国を内包する、なかなかに広大な島である。広大な上に、街と街の間には巨大なアブラヤシのプランテーションや熱帯雨林などが広がっている。そのため、町と町の移動は飛行機を使用しなければならず、目的地のダナンバレーに一番近い町までも、ここからプロペラ機で１時間かかるのだ。

《《《《 次ページへ

明日のジャングル移動にそなえて、本日はコタキナバルでゆっくりすることにした。

正直、コタキナバルには、なにも期待していなかった。
ガイドブックを開くと、コタキナバル最大の見どころとして「とにかく夕日がきれい」と書かれている。それを知った当初は「つまり、コタキナバルって、なにもない場所なんじゃ……」と不安になった。"女の子ちゃん"的にも、これはショッピングやグルメには期待しないほうがいいな、と諦めていた。ところがどうだろう、実際に足を運んでみるとコタキナバルは、"女の子ちゃん"を大満足させる街だったのである。

まず、食べ物が美味しい。

チャーハン・シーフードスープ・バクテー・肉まん・カレー。脂っぽさは若干あるものの、くせもなくしっかりとした旨味を湛《たた》えたそれらは、思わず「美味しい！」となんのひねりもないコメントを叫んでしまうほどの味わいであった。

特に"女の子ちゃん"ポイントが高かったのはスイーツ類で、コタキ

次ページへ

ナバル名物のエッグタルトは食べるだけで口笛を吹きたくなるような可愛らしい甘味、コタキナバルっ子が行列を作るカフェのタピオカミルクは口の中いっぱいに優しい感触が広がり、海外沿いの市場で売られているココナッツプリンは舌にのせた瞬間ポエムを書きたくなるという、どれもこれもガーリーな逸品ばかりであった。

中でも“女の子ちゃん”に衝撃を走らせたスイーツが、甘い砂糖水にライムを絞ってそこに干した梅を沈めたドリンク、キッチャイである。

日本では馴染みのないそのキッチャイを一口飲んだ瞬間
「これを日本に広めたら、OLを中心に大ヒット、莫大《ばくだい》な富が築けるのでは……。白熊の皮をはいだ絨毯の上で『このテレビゲームは３人用だから、のび太はダメ』と平然と言い放つ、そんなブルジョア生活が展開できるのでは……」

と“女の子ちゃん”が妄想を広げるほどに、美味しかった。美味しいというか、金の匂いがする味だった。

このように、コタキナバルはベトナム・ホーチミンに匹敵する女子グルメの黄金地帯であった。とにかく口にするもの口にするもの、すべて美味しく、そろそろまずいものが懐かしいと思っていた矢先に食べた煮豆みたいなものがとてもまずかったので、なんだかほっとしたほどである。その煮豆は、紅白帽のゴムひもの味がした。


グルメだけではなく、コタキナバルはショッピングも“女の子ちゃん”のツボを押さえていた。と言ってもベトナムのように洗練された可愛い雑貨が売られているわけではない。コタキナバルは街全体が「日本の70年代ってこんな感じだったのかな」というような古ぼけたトーンに包まれていて、デパートも一見するとコンクリ造りの質素なもの

くくくく 次ページへ

ばかりが建ち並ぶ。可愛い雑貨など、期待できない。
しかし、このデパートの中には「とにかく売れるものはなんでも売る」とばかりにあらゆるものが雑多に陳列されていて、その中からもしかしたら掘り出し物が見つかるかもしれないという宝探し感が、“女の子ちゃん”の買物嗜好を強く刺激するのである。あまりにも“女の子ちゃん”が興奮してしまったため、ボルネオ１日目にしてかなりの散財をしてしまうに至った。LCCを利用してまで旅費をケチっていたのは、いったいなんだったのか。

買い物袋を下げてホテルに戻る道すがら、家電屋さんの前でテレビから流れる闘鶏の中継に、地元の人たちが見入っていた。「三丁目の夕日」感が半端ない。
アジアの都市特有のしつこい物売りもいないし、夜道もおおむね安全である。
僕も“女の子ちゃん”も、すっかりこの街が気に入ってしまった。

次ページへ

10月14日（日）

早朝にホテルを出発。国内線空港へと向かう。
待ち構えていたのは小さな小さなプロペラ機。これで、熱帯雨林であるダナンバレーの玄関口、ラハダトゥという田舎の町へと向かう。

プロペラ機の中は定員50名くらいで、実際の搭乗者数は自分を入れて６名。約１時間のフライトである。
機体の窓の向こうには、東南アジア最高峰のキナバル山の頂が雲海から顔を覗かせ、眼下には広大なアブラヤシプランテーションが不気味なほど整然と並んでいる。その景色を眺めていると、“女の子ちゃん”の皮がピリピリと破れ、ついに彼女が姿を現した。地球環境保全意識の高い、「マサミ」の登場である。
「マサミ」が顕現したことで
「最後の秘境と呼ばれたボルネオも、いまや森林伐採が進み、原生林のジャングルは姿を消し、このような農園が広がってしまっている。

くくくく 次ページへ

そしてこの農園で育ったアブラヤシの主な輸出先は、そう日本……」

などと心の中の『ソトコト』的な部分が騒ぎ出す。

そして、それとはまったく関係なく、とても臭い放屁《ほうひ》をしてしまう。

ここはプロペラ機。密封空間。機内にいる欧米人たちが眉間に皺《しわ》を寄せるのがわかった。この飛行機に乗っている人たちの目的地は、おそらく皆同じ、ダナンバレー。ということはどの欧米人も、これから先、滞在地を共にする人たち。ここで「あのニッポンジン、とんでもなく臭い屁をこきやがった！　リメンバー・パールハーバー！」となってしまっては、楽しいジャングル滞在に緊張状態が走ってしまうこと必至である。

ということで、全力で「さっきの臭いは機内の空調によるもの」みたいな空気にもっていくために、ふてぶてしい顔でエアコンを何度も見るなどして、その場をやり過ごした。


午前10時にラハダトゥに到着。ここからジープで３時間、ダナンバレー自然保護区のジャングルを目指すのである。

出発まで少し時間があったので、近くのカフェみたいなところで遅い朝食をとった。するとひとりの店員が話しかけてきた。男の子かな、と思いきや、身のこなしから察するにニューハーフちゃんである。特にアジアを旅していると、僕はこうしたニューハーフの人から話しかけられることが多い。まるで旧知の友人みたいなトーンで話しかけられるのである。最初は「おお、意外とコッチからモテるのか？」とときめいたりしたものだったが、どうも僕の“女の子ちゃん”の部分に共鳴しているだけっぽい。このカフェのニューハーフちゃんも「フェイスブックとかやってる～？」とフレンドリーな感じで会話を始めて

くくくく 次ページへ

きた。

ちなみにこのカフェには後日ジャングルからの帰りの夕方にも寄ったのだが、その時にはこのニューハーフちゃんはいなかったので「彼女は、早番」という、非常にどうでもいい発見をした。

ジープに乗り込み、ダナンバレー自然保護地区へと向かう。

走って30分ほどで舗装された道路がなくなり、凸凹の砂利道を進んでいく。

周りの景色も徐々に木々が増えていく。といっても、ここら辺りは一度伐採があったのちに再生した二次林らしく、高い木はメンガリス(先住民はこの木を『精霊が宿る木』と信じていたため、伐採を逃れた)くらいしか見当たらない。

「人間っていうのは、文明に目がくらんで、豊かな緑の森を傷つける、愚かな生き物……」

貧相な林の景色を前に、もはや「マサミ」も絶好調である。

しかし、いくら心もとない林だとはいえ、さすがはボルネオ。それでも道中ばしばしと猿やオオトカゲといったアニマルが出没してくる。

くくくく 次ページへ

突然、ドライバーさんがジープを急停車させる。

見ると、道の真ん中でコブラがこちらに向かって威嚇の体勢にはいっていた。

さっきまで調子づいていたのが一転、引きまくる「マサミ」。

このコブラのメンチの切り方が半端ないくらい怖く、ドライバーさんからの「噛まれた人間は５歩歩いて死ぬ」というプチ情報も相まって、「なんちゅうところに来てしまったんだ……」というソフトな後悔の念がこのとき押し寄せた。

あと、道路にはいたるところにボルネオゾウの糞が落ちていた。「道路の句読点」みたいな感じで、ちょうどいいリズムで糞が現れる。しかし残念ながらゾウそのものを見ることはなかった。

「本人には会えず、ウンコだけ見られる」って、言葉にするとわりと最悪だな、と思う。

ジープに揺られること３時間、いきなり目の前に80メートル級の巨木が乱立して、景色が一変する。ダナンバレー自然保護地区に入ったのだ。
太古より残されたこのジャングルは、世界でも数少ない原生の熱帯雨

次ページへ

林である。

原生林を進みほどなくすると、宿泊する「ダナンバレー・レインフォレストロッジ」という施設が現れた。

周りの木々の高さにフロントで唖然《あぜん》としていると、ここでの滞在中のガイドをつとめてくれるエモリという青年が現れた。浅黒い褐色の肌をした、白い歯の似合う好青年である。一瞬、「マサミ」の胸がときめく。
エモリによるガイダンスがロビーにて行われた。ジャングルでの注意点（タバコを吸ってはいけない、ゴミはすべて持ち帰り、動植物の持ち出し禁止、など）を説明するエモリ。しかし（きっとこの人はナチュラリスト……、話も合うはず……）などと「マサミ」の部分が騒いでいたため、あまり話の内容は耳に入ってこなかった。エモリはガイダンスの最後に
「風が強いときは外に出ないように。80メートルの木の上から落ちてきた枝がキミの肩に刺さって、まるでアンテナ付きの携帯電話みたいになっちゃうからね」

くくくく 次ページへ

というちっとも笑えない不穏なジョークを飛ばしてきた。


エモリに案内されて、宿泊場所であるバンガローへと向かう。

軋《きし》むウッドデッキの通路を歩いていると、上から小鳥たちのさえずりが聞こえる。見上げれば、気が遠くなるような高さの木々が鬱蒼と葉を茂らせている。ちなみに日本の屋久島の杉で20メートルである。杉自体がどんなに生長しても50メートル（ちなみにシンデレラ城も50メートル）だから、それを簡単に飛び越える80メートルの木々が森を作っている光景は、圧巻としかいいようがない。

ジャングルの奥地にたたずむと聞いていたので、さぞかしワイルドなところに宿泊するのだろうと僕は当初、想像していた。

部屋にはハンモックだけ、食事は３食ともそこら辺を這《は》う幼虫を食べ、電気がないので夜がきたら焚き火の前にみんなで集まり、長老の「昔、大きなイノシシと恋に落ちた娘がおってな……」的な伝承話を聴いているうちにうとうと、みたいなところだと思っていた。

それがどうだろう。「ダナンバレー・レインフォレストロッジ」は、とても洗練された宿泊施設だった。

部屋はバンガロースタイルながら、ちゃんとシャワーからお湯が出るし、食事は３食オーガニックビュッフェだし、Wi-Fiは飛んでるし、オープンスペースのバーはあるし、バーで飲んでいるとモーレンカブトカンプオオやツヤクワガタがばしばし飛んでくる。

しかもレストランのテラスの前には、熱帯雨林が広がっていて、テナガザルが始終鳴きまくっているのだ。そしてすべての電気は太陽光発電によってまかない、ビュッフェの残飯は堆肥として再利用、その堆肥から作られる野菜を循環的にまたビュッフェにて提供と、実に地球

くくくく 次ページへ

に優しいそのスタイルに「マサミ」もにっこりである。

昼食後、ガイドのエモリと共にトレッキングに出かけることになった。初日ということで、簡単なレクチャーを受けながらの小散策である。グループは、ガイドのエモリと僕、そしてイギリス人男性とスコットランド人女性のカップル。よかった。行きの飛行機で僕の屁の臭いを嗅いでしまった外国人たちは、このグループにはいない。
彼らと一緒にしばらくジャングルの中を進むと、いきなり頭上にオランウータンを発見。これはなかなかにラッキーなことらしい。オランウータンは絶滅危惧種である上に、行動パターンがいまだに解明されておらず、たとえばこのダナンバレーに3日間滞在したとしても、会える確率は30%ほどであるという。ちなみに、吉祥寺に3日も滞在すればほぼ90%の確率で楳図《うめず》かずお先生に遭遇できる。

途方もなく高いイチジクの木がいくつも天に向かって生えている。
このイチジクの木は、ダナンバレーの中における深夜食堂的なポジシ

次ページへ

ョンにいるらしく、次から次へと来客がある。

よく目を凝らすと、1本のイチジクの樹冠部分にオランウータンが今夜の寝床を作っている。

そうかと思えば、横ではオナガザルの群れがイチジクの実を食んでいる。

ホーンビルと呼ばれるサイチョウのツガイがバサバサと羽音を立てながら枝から枝へと飛行し、幹の部分にはキノボリトカゲがその名に逆行するかのように木の根元に向かって降りていく。

その根元には、サンバーという鹿の一種が猿の落としたイチジクの実を食べていた。

これすべて、1本の木で起きていることである。

もう、こうなってくると、「マサミ」の独壇場である。自然の素晴らしさを目の当たりにして心の中の「マサミ」が興奮してしまっている僕は、同じナチュラリストであるエモリと熱いエコトークを交わしながらジャングルを歩いた。

「やっぱりゴミは捨てちゃいけないよね！」

「いやあ、キミはわかっているなあ！」

「時代はマイ箸だよね、マイ箸！」

「え？　こんなジャングルに来てまでタバコを吸う観光客がいるのかい？　けしからん！」

あまりにも白熱する僕とエモリのトークを横で聞きながら、欧人カップルのふたりは若干引いていた。


すると、その時である。その欧人カップルの片割れ、シャーメイという名のスコットランド人女性が小さな叫び声を上げた。見ると、シャ

次ページへ

ーメイの腕にヒルがはりついて吸血していた。

アジア随一のジャングル地帯であるダナンバレーの大きな魅力として「危険な動物がほとんどいない。いたとしても、コブラくらい」というのがあるのだが、その分、ヒルがけっこういる。

ヒルは無毒無害であり、またヒルがいるということはそれだけ吸血対象のアニマルが多く生息しているということでもあるのだが、やはり苦手な人も多いだろう。シャーメイも「超キモい」みたいなことを英語で述べていた。

「マサミ」が完全にゾーンに入っていた僕は、「ヒルだってこの美しい宇宙船地球号の乗組員さ……」とばかりに、シャーメイからヒルをもらいうけ、自分の首筋にはりつけてみた。自らがヒルの吸血体験をすることで、自然の素晴らしさをこのヨーロッパカップルに伝えてやろうというねらいである。普段であれば絶対に“女の子ちゃん”が拒否する行動なのに、エコ心がピークに達しているため怖さも全くない。

ヒルは首の血管を探し当てると、そのまま僕の血液をドリンキングし始めた。痛みはほとんどない。

どうだい、自然の仲間たちをそんなにおそれる必要はないだろう？とヒルを解放して、得意げにシャーメイの顔を見ると、まるで虫でも見るかのような視線を僕に送っていた。そして彼氏に「超キモい」みたいなことを囁いていた。


夕食後はナイトドライブに出かけた。

トラックの荷台に乗り、エモリが手にした巨大なサーチライトで動物を探すのである。ムササビ、ジャコウネコ、鹿、カワセミ、フクロウ、ヤマアラシ。漆黒の闇の中、ライトに反射した米粒のような動物の赤

《《《《 次ページへ

い目を発見するなんて、ガイドのエモリはただものではない。と「マサミ」は完全にエモリに対して尊敬モード。

と、次の瞬間「ぎゃあああああああ！」と叫び声をあげるエモリ。服の中に蜂が入ってきて刺されたらしい。尊敬が一転して、一気に引く僕。

しかし、その後も痛みに耐えながら淡々とガイドを続けるエモリは、やはり大した男であると、力ずくで思うことにした。

このナイトドライブで感動したのは、ライトを消し、車のエンジン音が止まった瞬間である。

無音の世界に、無限の星空が広がり、その星々の明かりの境目がわからないくらいに無数の蛍が上空へとゆらめいている。

こんな幻想的な世界で口説かれたら、心に鉄の貞操帯を付けている女性もひとたまりもないだろう。

「今夜、キミの背中にボクの赤紫色のサロンパスを貼ってもいい……？」

「今夜、ふたりだけのセサミストリートでエルモをクッキーモンスターさせない……？」

そんな少々難解かつ詩的な口説き文句でも、するっと女性の心に沁み

くくくく 次ページへ

渡らせる。それほどまでに説得力のある景色であった。

「美しい自然を前にすると、それだけで人は詩人になるよね……」

とたいした顔で隣にいたシャーメイに話しかけると、見事な引き気味の作り笑いで受け流された。


深夜、もういちど星空を見ようと庭に出ると、ロッジの裏手でエモリが隠れてタバコを吸っているのを発見。

引いたり引かれたり、とにかく忙しい一日であった。

10月15日（月）

ジャングル2日目。
快晴である。
テナガザル（ミューラーギボンという種類らしい）の咆哮《ほうこう》がすさまじい。タモリが真似する「ジャングルの音」にそっくり。ジャングルの雄大さもさることながら、改めてタモリの偉大さに感服する。

《《《《 次ページへ

エモリと合流して、朝のトレッキング。

キャノピーウォークという、熱帯雨林の樹冠部分を観察できる吊り橋を渡る。

さすが熱帯雨林、霧が濃い。

重い雲のように低くたちこめた霧の中に鬱蒼と広がるジャングル。

早朝の鳥のハミングが重奏で聴こえてくる。なんと素晴らしい朝なのだろう。

毎朝遅くに起きては、ラッシャー板前が「えー！　この空気清浄機、こんなに安いんですか！」と棒読みのセリフをのたまう通販番組を見る毎日を過ごしているわが身が恥ずかしくなるほどに、こんなにも美しい朝が世界にはあるのかと心が震える。

心が震えるのだが、横でエモリが
「日本のアーティスト、X JAPANはマレーシアでも人気なんだ。ちょっと『紅』を歌ってくれない？」

という、まったくTPOを考えないリクエストをしてきた。

僕はジャングルの真ん中で、「紅」を歌った。

次ページへ

ロッジに戻って朝食。そしてすぐさまに本日２度目のトレッキング。いよいよこの動物観察ツアーのハイライト、熱帯雨林の山を登るのである。

シャーメイが道中、エモリよりも先に何度も鳥を発見する。シャーメイは非常に鳥が好きな女性であることが発覚。心の中で彼女のことを「とりクン」と呼ぶことに決定。

山の入り口の吊り橋にて、ジャコウネコとマレーシアオオトカゲを発見。エモリが解説をしてくれる。エモリのことを心の中で「どうぶつクン」と呼ぶことに決定。

山道をひたすらに登る。熱帯雨林の木は「板根」と呼ばれる非常に独特な形の根を持っていて、またひとつひとつが違う形状の板根を持っているため、目にもとても楽しい山登りである。途中、アリやハゴロモなどの虫を発見するたびに足を止める僕。そのたびに一緒になって止まってくれるエモリたち。たぶん彼らは僕のことを心の中で「むしクン」と呼んでいるのだろう。

途中、滝壺にてスイミング。この川にはドクターフィッシュのでかいやつがいて、足をいれると皮膚をがりがりと食べてくる。シャーメイの彼氏のイギリス人は、女の子みたいな声を出してビビッていた。彼を「さかなクン」と呼ぶにはほど遠い、と思った。

山頂に差しかかる手前で、先住民族のお墓に寄った。お墓といっても、頭がい骨が岩の上に置かれているだけ。シャーメイの彼氏は興味深く骨を見ていた。彼を「ほねクン」と呼ぶことに決定。

やっと山頂に到着。

美しい熱帯雨林の風景が広がる。心が洗われる。そしてすぐさま「マサミ」が現れ、昨日プロペラ機の中から見たアブラヤシ農園の景色が

《《《《 次ページへ

フラッシュバック、心を痛める。

10月16日（火）

今日は一日雨。

トレッキングは中止となったので、バーに行く。するとシャーメイたちがすでに飲んでいたので、その輪の中に入る。

「スコットランドではお酒がどれも濃いの」

と彼女が教えてくれたので
「日本では川越シェフという人の満面の笑みがパッケージになっているキムチがあるんだよ」

と教え返したが、上手く伝えられなかった。

エモリが現れて、夜の散歩に出発。真っ暗な散策道を入っていく。

ここでも蛍がたくさん。それに光るキノコや枝に擬態したままじっと動かないトカゲなど。それにバッタやコウモリやドラゴンフライ。

これだけでも僕は十分面白かったのだが、シャーメイたちは前日のオ

ランウータン以来大物に出会えていないことに少々飽きている様子。たしかに、ボルネオ島は日本からだとさほど距離はないが、欧米からとなると、地球の反対に来たようなものだろう。そうまでして来たジャングルでバッタなど見せられても、彼らは心からは喜べないのかもしれない。

この森には、サイやマレーグマも生息している。どうか夜行性の大型動物が、この欧人カップルのために現れんことを！　と祈っていると、エモリが「これを見て！」と目を輝かせて僕らを手招きする。すわ、サイかと駆けつけると、カエルが一匹、葉の上にいた。

「見て、可愛い」

とエモリ。

このとき、横目でみたシャーメイの彼氏のなんともいえない無感情な顔を、僕は一生忘れないだろう。

10月17日（水）

ジャングル最終日。本日夕方の便で、日本へと戻らなくてはならない。ジャングル最後のアクティビティは、大きな浮き輪で川下りである。大の大人が浮き輪に寝そべり、カップラーメンの空き容器のごとく水面を漂う姿は、実に偏差値が低い感じがするが、これが体験してみると、なかなかのものであった。

両方の川沿いからは倒れ掛かってくるかのような熱帯雨林が広がり、山歩きとはまた別の横顔が見える。切り開かれた空に伸びていくメンガリスの木を川から眺めるのも実に趣があった。

《《《《 次ページへ

この地球の、愛すべき自然たち。それを眺めながら、あたしは思う。もっともっと、人間たちが自然に守られていることに気がつきますように。あたしは願う。もっともっと、人間たちがこの地球の自然を守るようになりますように。

最後のランチを食べて、エモリやシャーメイに別れを告げ、帰りのジープに乗り込んだ。


フライトの関係で、帰りはラハダトゥではなく、サンダカンという町の空港から日本へと戻る。

ジープは3時間かけて、サンダカンへとひた走る。そのあいだ、道の両脇には延々とアブラヤシ農園が続く。変化のない車窓。この単一な風景を作り出しているのは、他ならぬ、あたしたち人間である。夢のようなダナンバレーの自然と、それを取り巻くアブラヤシ農園という現実。あたしはそれを交互に想い、そしてこの地球の未来を重ねた。

あたしが、この地球のためにできることは、なんだろう。

あたしは、この地球の未来のために、なにをするべきだろう。

そうだ、ブログを書こう。

今回のボルネオ旅、そこで見聞した森の豊かさと自然破壊の現実。それをブログで発信して、少しでも多くの人にエコの意識を伝えていこう。

あたしはそう決心して、日本へと戻るエアアジア便に乗り込んだ。


機内では、またしてもあの不気味なBGMが流れていた。LCC って、チョー最悪。嵐を流してくれるなら、また乗ってもいいけど。

〈インド〉最強の占いとパワースポットを求めて

なんでこんなことになってしまったのだろう……。


インドの都市、バンガロール。墨を流したような漆黒の闇に包まれた街、頼りないオレンジ色の灯の下、僕は己を呪いながらさまよい歩いていた。

都市部だというのに、深夜三時のバンガロールの街には、まるで荒廃した世界のような不気味な静寂が漂っていた。人影が、ない。心臓がバクバクと人生最大に爆発しそうな音を立てている。ハッとして路地を横目に見ると、野犬の群れがこちらを睨んでいる。

「ぐるるるる……」

唸っている！　ああ、ジャスト、唸っている！　昨日までＤＶＤで「となりのトトロ」を観たり庭先で四つ葉のクローバーを探したり地元のスーパーで中学の時の同級生とばったり出くわし「え！　もう三歳になる娘さんがいるの！」と驚いたりするなどといった、これぞ平和の象徴みたいな暮らしを営んでいた僕が、まさか今日、深夜のインドで野犬に唸られているだなんて、いったい誰が想像しただろうか。

「ギャンギャンギャン!」

突然に野犬たちが僕に向かって、尖《とが》るような威嚇の声をあげてくる。血走った目。口元にしたたるヨダレ。「そうです、病気です」と言っているのも同然なその野犬たちの様相を確認した途端、駆け足でその場を去る。まるで夢の中にいるかのように、脚がもつれ、つんのめる。

ぐにゃ。

なにかを踏む。このソフトな感触、いったいなんだ? と足元を見ると、果たしてそれは路上で寝ころぶ人間であった。

「すいません!」

想定外の事態に、とりあえず日本語で謝罪をする僕。しかしその毛布一枚で路上に倒れている人は、ノンレム睡眠の真っ最中なのか、微動だにすることなく僕をやり過ごす。ふと道の先を見ると、人影などないと思われたその路上に、ぽつりぽつりとだが毛布にくるまれた人間とおぼしき塊が、点在していた。

恐怖とパニックで、その場に立ち止まる。ブルブルと脚が震え、生きた心地がしない。どうして、こんなことになってしまったのだろう? いったい、誰を恨んだらいいのだろう?

自分が悪いのか? それとも、〝女の子ちゃん〟が悪いのか?

インドに行くしかない。

そう決めたのは、〝女の子ちゃん〟だった。

ことの起こりは、三か月ほど前。知人女性の吉田がこんなことを僕に囁いてきた。

「ねえ、あなたって、占いが好きだったよね？」

イタコの章の中で前述した通り、〝女の子ちゃん〟男子である僕にとって、占いは大好物である。

「うん、まあ、好きだけど……？」

「じゃあさ、『アガスティアの葉』って知ってる？」

アガスティアの葉。知っている。というより、それは占い好きなら誰でも一度は憧れる物件であった。


はるか昔。インドにアガスティアという聖者がいた。このアガスティアは予知能力を持っており、この世の先、その全てを細部まで見渡すことができた。ある日、アガスティアは「あ～、オレちょっと、これからこの地球上に生まれてくる人たち全員の未来でも占って、それを葉っぱにでも書き残そうかな～」などという、なかなかにとんでもない思いつ

れないしな～」

「あ～、でもな～。さすがに何億人もの運命を書くのは辛いよな～、腱鞘炎《けんしょうえん》になるかもし

きをした。しかし

と思い直した。そして

「あ！　そうだ！　オレって、すごい予知能力者じゃん？　だから、この葉っぱを誰が見に来るのかも、わかっちゃうじゃん？」

ということになり、アガスティアはこの先の未来、それを求めにやってくる人の分だけの、運命を記した葉を作成した。その葉には、それを手にすることのできた人の過去・現在・未来、そのすべてが書かれているという……。

ざっくりと説明したが、これがアガスティアの葉である。

はっきり言って、こんなに物語性のある占い、なかなかない。アガスティアの葉を見つけられるかどうか、それすら運命の中であらかじめ決められていることであり、もし見つけることができたならその葉にはもうすでに自分の名前が書かれているというのである。つまり、アガスティアの葉に対してなにも興味関心がなければその自分の葉は「ない」が、本気でその葉を探そうとすればその瞬間それはこの世のどこかに「ある」可能性がグッと強まる、ということなのだ。なんという強いドラマ性であろう。そして、あまりにも取り

巻くドラマ性が強すぎるため、僕はこのアガスティアの葉を、占いというよりも「伝説」の類としてカテゴライズしていた。

ところが。吉田はこう言うのである。

「なんかね。あたしの知り合いにね、長いこと独身だった女の人がいるんだけどさ。その人がこの前、突然結婚したのよ。で、どうやって旦那と知り合ったの？　って聞いたら、独身時代にインドで自分のアガスティアの葉を見つけて、そこに未来の旦那と出会う場所と時間が細かく書かれていたって言うのよ。すごくない？」

吉田は女性で、彼女もまた占いに目がない。その知人本人から聞いたというアガスティア体験を、彼女は興奮気味に僕に話した。

「す、すごい……」

そして、その興奮の熱に、僕もあっという間に感化された。

イタコが日本のトップ・オブ・占いならば、アガスティアの葉は世界のキング・オブ・占いである。いままで、伝説級の物件、オカルトの世界のものでしかなかったアガスティアの葉が、ここにきてグッと現実味を帯びてきた。僕の中の〝女の子ちゃん〟に、いままでに感じたことのないゾクゾクとしたものが、走った。

吉田からその話を聞かされてからというもの、僕はインターネットや図書館などで、アガスティアの葉に関連する情報を漁り続けた。しかし正直、書物やブログなどのアガスティアの葉情報は、かなり乏しいものであった。それでもAカップほどしかないその情報たちを、無理やり寄せて上げてなんとかBカップにしたところ、どうやらアガスティアの葉は現在もインドに存在しているらしいことが判明した。

聖者アガスティアは、何千年も前のインド神話に登場する人物であり、したがってもし本当にそのアガスティアの葉が存在するならばそれは気が遠くなるような大昔に書かれたものである。しかしインドにはその葉を先祖代々管理している「ナディ・リーダー」という者たちがいて、彼らを訪ねれば自分の葉を探し、そこに書かれている運命をすべて読み上げてくれるのだという。

あくまでBカップの情報なので、具体的にインドのどこへ行けばそのナディ・リーダーに会えるのかとか、なんで葉っぱなのに何千年もボロボロにならないで保管できているのかとか、ディティールに迫ることはできなかったが、僕にはこのBカップサイズの情報だけでもう十分だった。未知の占いに出会えるかもしれないという〝女の子ちゃん〟的な興奮。そして詳細情報が欠落してしまっていることで逆にその余白部分に漂うロマン感、それが元来のオカルト好きの部分を激しくプッシュしてくる。もう、行くしかない。こうして僕は、インド行きを決定させた。

これがBカップの情報であったからこそ、ここまで踏み切れたわけで、もしDカップだったら反対に現実味が強すぎて行かなかったかもしれず、さらにFカップだった場合には両手に余ってもはやどう対処していいかわからなかったというものであり、いったいこれは何の話なのだろう。

その時の僕の〝女の子ちゃん〟は、占いというものに対して、どうやら飢えの状態だった。

日々の中で巡る手相占いや水晶占いは、どれも似たり寄ったりのものばかりであり、食傷気味になっていた。なんというか、こう、ドカーンと刺激のある占いを体験してみたかった。そこに現れた、アガスティアの葉の情報。これに飛びつかない手は、なかった。

そして〝女の子ちゃん〟はまた、パワースポットについても、飢餓を感じていた。日常のサイクルの中で立ち寄る神社仏閣たちのありがたみは、そのルーティーンの中で徐々に色あせていき、どうにもいまひとつ、パッとするものを感じなくなっていた。

ここはひとつ、思い切ってアメリカのセドナとかに行ってみるか、などと思うこともあったが、パワースポットブームの中で耳にする「人気のパワースポットは、人が集まりすぎてその場所に邪念が染みついてしまい、逆にアンパワースポットになってしまっている」という、じゃあもう僕たちはどうしたらいいんだ、家で静かに食パンでもかじってればいいのかみたいな噂、それがどうにもひっかかってしまい、ああ、どこかに手垢《てあか》のついていない、まっさらでご利益インパクトのあるパワースポットはないものかしらと、憂鬱なため息をつくばかりであった。

今回、急浮上したインドへの旅。

せっかくならアガスティアの葉以外にも、どこかパワースポットに立ち寄ってみたい。この倦怠感《けんたいかん》に、新たな好奇心を注ぐパワースポットを発見してみたい。

なんせ堂本剛をして「僕はあそこに行って人生観が変わった」と言わしめた、あのインドである。いや、堂本剛が本当にそんなことを言ったのかどうかは知らないが、「なんか堂本剛ならそんなこと言ってそう」という勘を根拠にあてずっぽうで言っただけだが、とにかくインドは魔境の地。きっと手付かずのパワースポットのひとつやふたつ、どこかにころがり落ちているだろうと調べたところ、本当に未知のパワースポット情報が、出てきた。

そのパワースポットの名は、ハンピ。

ガイドブックによると、インドの南にひっそりと存在するそのハンピ村は、奇岩の山々に囲まれており、その岩山が周囲を遮断している辺鄙《へんぴ》な土地ゆえ、観光客が訪れることはまだまだ少ない村だという。そしてその奇岩によって形成された山の中でもハンピ村のすぐ近くにそびえる「マッタンガヒル」こそが地元でも有名なパワースポットで、ある者はそこで悟りを開き、ある者は言い知れぬ自然のオーラを受け、またある者はその山の頂上で野宿したところ背中に小さな矢のようなものが刺さっていて「ああ、これはこの山に住む妖精が放ったんだな」と理解したという、おいおい、完全にあっちの世界の者たちに攻撃されてるじゃん、もうパワースポットじゃなくてそれじゃ心霊スポットじゃん、みたいな、とにかく言い知れぬ力が詰まった場所なのだという。

まだ人の邪念が付着していない、インドの聖なるパワースポット。

それを想像しただけで、またしても〝女の子ちゃん〟はゾクッと身体を震わせ、またそのハンピ村にどこか桃源郷のようなものさえも予感し、こうして今回のインド旅の目的は「アガスティアの葉」と「ハンピ村」の二本立てで決まった。

〈インド〉手ごわい国

初めてのインド、それは噂では聞いていたが、本当に手ごわい相手であった。最初の難関は、出発前の日本ですでに立ちはだかった。

インド入国のためにはビザが必要で、そのビザを取得するためにはインターネットで事前にインドビザ申請書を作成しなければならない。このインドビザ申請書というものが非常に厄介なものらしく、周りの渡印経験者たちは口をそろえて「とにかく作成するのがめんどくさい」というのである。

いったい、インドビザ申請書は、どれほどめんどくさいのだろうか。友人宅で集まって焼肉パーティーをするにあたりホットプレートを持ってくる係になってしまったときよりめんどくさいのだろうか。

おそるおそる、インド大使館のＨＰから申請書作成コーナーへと踏み入った。

「あなたの名前は？」

まず、名前を入力する。誤字のないよう、慎重にキーを打つ。

「あなたの宗教は？」

いきなり踏み込んだ質問である。インドよ、初対面の人に宗教とプロ野球の話はしちゃダメだと親から教わらなかったのか。若干不信感を覚えつつも、「特になし」と入力する。

「あなたの最終学歴は？」

なんてことを聞いてくるのだ、インドよ。誰彼かまわずそんな質問をしているのか、インドよ。あれか、学歴コンプレックスなのか。他人の学歴を聞かずにはいられないのか。

「あなたの顔の特徴は？」

突然、テレクラで待ち合わせの約束をしてる気分にさせられた。

「あなたの仕事は？」

「あなたの仕事の役職は？」

「あなたの仕事の階級は？」

質問攻めである。質問のミルフィーユである。この辺りで気づき始めたが、インドビザ申請書のめんどくささとはつまり、質問攻めのめんどくささなのである。

「あなたは何？」

「あなたは誰？」

「あなたは本当に実在する？」

脅迫にも似た質問の雨嵐に自我のダムが決壊しそうになる。自分自身はいったい何者なのかと、我を見失う。

朦朧としながらも、作成を進めていく。

「あなたの父親の名前は？」

ついに僕に飽きたのか、父の名前を知りたがるインド。「ねえ？　なんで急に僕じゃなくてパパに興味が湧いたの？　ヤダよ、僕だけを見てよ……」という非常に危険な感情が湧く。

「あなたの母親の名前は？」

そして、母の名前まで知りたがるインド。もはや貪欲な質問魔である。

「あなたの母親の出生地は？」

僕の母の出生地を知って、いったいなにをするつもりなんだ、インド。まさか僕の母を抱くつもりなのか。


こういった質問が、なんとおよそ一〇〇項目も続く。これはビザ申請ではなく、もはや新人研修かなにかである。

そして驚嘆すべきは、この申請書類をネット上で完成させたら申請完了ではなく、必ずプリントアウトをして最寄りのビザ申請センターまで持っていかなくてはならないのだ（意味不明）。

そしてセンターに持って行ったところでもしひとつでも誤字があれば、また家に帰ってイチからやり直さなければならないのである（鬼か悪魔）。

しかもビザの受け取り時間は一七時〜一七時三〇分の間のみなのである（僕はお前の犬なのか）。

ビザ申請からしてこのめんどくささ。悠久の国インドの不可思議さにさっそく触れ、胸が高鳴ったかというとそんなわけはなく、ただただ「インド、行きたくねえなあ」という想いだけが残った。

それでもなんとかビザを取得し、不思議な達成感に包まれた僕は、そこからきちんとしたインドの下調べをすることもなく、戯れに爪を磨いてみたり、ニベアを手の甲に塗ってみたりと、実にだらだらとしたピースフルな時間を日本で過ごしたのち、インドへと飛び立った。

一言でいうと、インドを前に完全に油断していた。ビザを取得しただけで、なんとなくインドに「勝った」気分になっていたのだ。

インドのバンガロール空港に降り立ったのが深夜の一時。

苦心したビザ申請のおかげで入国管理のゲートもなんなく通過し、さてここからまずどうするかと思案した。

海外の旅において、深夜に現地に到着した場合、朝が来るまでその空港から一歩も動いてはならない、というのが鉄則である。

ただでさえそこは日本ではない異国の地であり、まして深夜ともなれば魑魅魍魎《ちみもうりょう》が旅行者の身ぐるみをはごうと蠢いていてもおかしくはないのであり、もしそのまま市街地へと飛び出そうものなら、おい手を上げろ、金を出せ、ジャンプしてみろ、まだチャラチャラ音がするじゃねえか、みたいなことになる可能性大なわけで、こういう場合は空港の到着口付近で手頃なスペースを見つけて、すみやかに就寝することが望ましいのだ。僕もインド到着が深夜であることが決まった時点で、バンガロール空港でまずは夜を明かそうと決めていた。

ところが、いざ到着ロビーで寝床を探す段になって、突然〝女の子ちゃん〟が（やだやだ！　ここ、怖い！　こんなところで、寝たくない！）と怯《おび》え出したのである。

原因は、入国ロビーを警備してまわる、兵士たちにあった。眼光鋭い彼ら兵士たちは、全員、背中にライフルを背負っていたのである。

生まれて初めて目にする、生の銃。おいおい、おだやかじゃねえな、それはちょっとそこいらにでもおいて、どうだい白湯《さゆ》でも飲まないかい？　などと落語に出てくる粋な対処ができるはずもなく、ただただ空港内でビクビクするしかない僕と〝女の子ちゃん〟。これでは安心して寝ることなど不可能だ。

(まあ、無理して空港で寝ることもないか……)

油断の魔が、その時、差した。

(バンガロールはインドでも有数のIT都市だっていうし、まあ夜でも安全だろう。ホテルだってたくさんあるだろうし、市街地まで出てみるか……)

こうして僕は、怯える〝女の子ちゃん〟をなだめつつ、タクシー乗り場で車を拾った。海外到着時において、一番やってはいけない判断をしてしまったのである。


これが悪夢の始まりだと気がついたのは、空港から車で一時間、ガイドブックであたりをつけたバンガロール市内のホテルの前に立った時である。

完全に寝静まった様子の玄関、硬く閉ざされているガラス戸から覗き込むと真っ暗なロビーはがらんとしており、扉を叩いても反応の声ひとつない。タクシーはすでに帰してしまっている。

ヤバい、と思った。

ホテルの玄関が硬くロックされているのは、つまりここら辺一帯の夜の治安が悪いからであり、バックパックを担いだ旅行者丸出しの僕がその時間をうろつくなんて、山田勝己《やまだかつみ》の前にSASUKEを差し出しているようなものである。速攻で、飛びつかれる。

まずいまずいまずい。タクシーを拾って空港に戻る案も浮かんだが、道には車など一台も走っていない。インド有数の大都市であるバンガロール市街には、日本でもお馴染みのケンタッキーやスターバックスなどの店が並んでいたが、それらはすべてシャッターが下りていて、店の並びだけみればまるで渋谷や青山通りと変わりがないのにもかかわらず、無人と化した眺めはまるで「あれ？　自分の知らない間にバイオハザードでもあった？」みたいな不気味な光景であった。野犬の遠吠えが近くから聞こえ、冷や汗が背中に流れる。

深夜のバンガロール内を、ホテルを求めて焦心で歩き回る。まるで世界に自分ひとりだけが取り残されてしまったような、厚いパニックに襲われる。狂犬病丸出しの犬に睨まれ、闇の中で路上の人を踏み、心が何度も折れかけながらも、ホテルの灯りを探しまわった。どうして油断なんてしてしまったのだろう。ここは、異国で、しかもあのインドなのだ。自分の判断の甘さを呪い、目を白黒させながら、バンガロールの闇夜を歩く。本気で、泡を吹きそうだった。

その時、電信柱のうしろから「ヘイ」と声をかけてくる小太りのインド人中年男性が現れた。明らかに僕を騙《だま》そうとする気満々の、ニヤニヤとした表情。リアル「インチキおじさんが電信柱から登場」である。破裂しそうな心臓をおさえながら、全力でそのインチキおじさんをふりきる。ああ、どうしてこんなナチュラル肝試しが発生しているのだろう。

早く、布団の中にもぐりたい。そして甘い氷砂糖のようなものを口に含んだりしたい。早く、安心したい！

すると、道の向こうに、ぽつんとした灯りが見えた。神に祈るような気持ちで、そこへと駆け寄る。果たしてそれは、ミニホテルであった。

狭い階段口から上がると、そこにはロビーがあり、ひとりのフロントマン青年が「昨日、家財をすべて差し押さえられました」みたいな、やる気ゼロの瞳を浮かべて佇んでいた。突然深夜に現れた日本人の登場に少しだけ驚いた表情を見せたのち、彼は
「……ルーム？」

と僕に尋ねてきた。

「イエス！」

僕は自分でも引くほどの大声で答えた。岩をも砕く「イエス！」であった。

「悪いけど、部屋は満室なんだ」

僕の渾身の「イエス」を、彼は無下に返した。

「他に行ってくれないか」

めんどくさそうな瞳のまま、僕を追い払おうとする彼。

しかし、よそに行ってくれと言われても、この街にはもう他に泊まれそうなホテルなど、ない。どうすればいいのか。ここを逃してしまっては、この地獄から生還する見込みなど

なかった。

窮鼠《きゅうそ》猫を噛む。

追い詰められた僕は脳をフル回転させ、とある作戦に打って出た。

心の中の〝女の子ちゃん〟を表情筋いっぱいに具現化させ、とにかく涙目を浮かべて弱々しく頼み込むことで、彼の情に訴える作戦である。

「お願いします。このままだと一晩中この街の夜をさまよい歩くことになってしまいます」

彼の表情が、ドライなものから、一瞬、か弱き小鹿を見るようなものへと変わった。よし、もっとプッシュだ！

「変な蕁麻疹《じんましん》も出てきました。ピアノが弾けなくなってしまう！　怖い、夜が怖い！　朝が来たら、髪の毛がすべて白髪に！」

少ない英語ボキャブラリーでなんとか情に訴え媚《こ》びる僕。小鹿を見るような目から、プチ怪人を見るような目へと変わる彼。だめだ、もっとソフトにいこう。

「お願いします。日本はインドが大好きです。僕の父は毎週火曜日にカレーを食べます」

僕のトーンから発露される〝女の子ちゃん〟の本気で追い詰められた感に同情してくれたのか、それともただ単にこれ以上変な日本人に絡まれたくなかったのか、ここでついに

彼は
「……ＯＫ。ちょっと待ってくれ」

と言って、どこかに電話をかけた。そして
「隣のホテルが空いているそうだ。ついておいで」

と僕を連れ立って、そのホテルまで案内してくれた。途中
「そんな小さなバックパックで来たの？」

「夜のバンガロールは怖かったでしょ？」

と気遣いの声までかけてくれ、そしてその隣のホテルのロビーに眠そうな目で現れたフロントマンに「彼は色んな意味で可哀そうな人っぽいから、少し安くしてあげてよ」と料金交渉までしてくれた。

やっと手にした安堵《あんど》感も手伝って〝女の子ちゃん〟が彼に少しだけときめいた。

そのホテルのフロントマンと、親切な彼とに何度もお礼を言い、ようやく安心の空間へと辿り着いた僕は、すぐさま部屋のベッドへと沈み込んだ。

窓の外を見ると、街にはまだ一面の闇が広がっている。

先ほどまでの悪夢の時間を思い出して、またしても背中に冷たいものが走った。

そして気を落ち着かせようとシャワーを浴びたり、温かいお茶を飲んだり、ｉＰａｄで

ユーミンを聴くなどしたが、パニックから逃れた実感がようやく湧いたのは、朝日が窓から差し込んでからであった。

朝日を全身に浴び、やっと生きた心地を取り戻した僕は、そこでなんとか久々の眠りにつくことができた。朝日がこんなにありがたいと思ったのは、生まれて初めてだった。

ようやく地獄タイムが終わった。僕は布団の中で真綿のような安心感に包まれていた。まだまだこれから先、さらにインドに振り回されるということも知らずに。

〈インド〉どこを切っても……

油断大敵。

インド初日にしてそれをまざまざと思い知った僕は、そこから慎重に動くことにした。

今回の旅の目的である、「アガスティアの葉」と「ハンピ村」。

どちらも薄い事前情報しか仕入れておらず、特にアガスティアの葉に関してはむやみに探し求めていては決して見つからないだろうと思われた。インドの国土は日本の九倍あるのだ。その広大な土地の中で、行き当たりばったり的に伝説めいたアガスティアの葉を探すなど、効率が悪すぎる。

この南インド最大都市であるバンガロールで、まずはできるかぎりの情報収集をしなければならない。中にはガセネタの類もあるだろうし、ここは落ち着いた行動が鍵だ。勝負はすでに始まっている。昨夜のような失態は許されない。

僕はお世話になったホテルをチェックアウトし、太陽が燦々《さんさん》と輝くバンガロールの市街へと飛び出した。両頬をはたき、気を引き締める。よし、絶対に落ち着いて行動するぞ。

ところが僕は、落ち着いて行動することができなかった。

昨夜の廃都市の趣が信じられないほどに、昼間のバンガロールの街は活気に満ち溢れていた。

パリッとした白シャツの男たちが路上のお茶屋で買い求めたチャイのコップを片手に談笑している。サリーを着た女の人が携帯電話に向かって大声を上げながら歩いて行く。オートリキシャの群れが黒煙を吐きながら車道を行き交い、公園ではクリケットに興じる子どもたちの姿が大勢見られた。

ここは大都市でありながら、はっきりとインドであり、それをなによりも実感したのはゴミと牛だ。

たとえば、バンガロール市街の中心地には映画館やおしゃれなカフェなどが建ち並ぶ、一見すると原宿のような通りが存在するのだが、そこでさえ路《みち》の上はゴミだらけであり、そのゴミを野良牛たちが漁っている。

インドでは牛は神聖な動物とされ、町の景色に牛が完全に溶け込んでいるとは聞いていたが、それにしてもスターバックスの前で捨てコップに残ったキャラメルマキアートをなめる牛がいるまでとは思わなかった。その横ではサーティワンアイスクリームの容器をなめる牛もいた。

どこまで行っても、そこはインドであり、どこを切っても、そこはインドであった。

そして僕は、それらインドの街特有の景色に出くわすたび、いちいち身体をビクッとたじろがせた。昨夜の深夜徘徊によるショック、それがまだ尾を引いており、僕はインドに対して完全に弱腰姿勢になっていた。ちょっとでもアッパーな光景が眼前に現れるだけで

「男の人が甘い液体を飲んでるぅ！」
「女の人がド派手な服を着てるぅ！」
「変な形の車がたくさん走ってるぅ！」
「子どもたちがよくわからないルールのスポーツをしてるぅ！」
「牛が横文字のものを食べてるぅ！」

と、過剰反応をしてしまうのである。

完全に、インドにビビっていた。

これでは、情報収集どころではない。しかも目当てはあのアガスティアの葉、そんな未知数の高い代物を、この弱気な心で探し出すことなど到底不可能に思えた。

ただ派手なサリーを着ている女性にすら驚いているのである。アガスティアの葉などというオカルトめいた物件など、どう近寄っていいのかすら、わからない。

この時、僕はアガスティアの葉に辿り着くまでのプロセスを

「街の人に手当たり次第、『アガスティアの葉を知らないか？』と尋ねる」

「そのうちに、ひとりの物知りな老人に出会う」
←
「誘われるままにその長老のあとをついていくと、不気味な洞穴へと案内される」
←
「洞穴の突き当りで老人が『あかたとだらんばきさまはちとまにからさ』などとファミコン時代のRPGのパスワードみたいなことを唱えると、ゴゴゴ、と秘密の扉が開かれる」
←
「怪しい紫煙に包まれたその扉の先の部屋に、ナディ・リーダーがいて、アガスティアの葉が静かに置かれている……」
←
みたいな感じだろうと右脳だけで想像していた。とてもではないがそんな深淵《しんえん》、いまの僕に探索できるわけがない。

まず、第一段階の「街の人に尋ねる」がもう怖くて無理だ。

なによりも先に、心を休めなければならない。そう思った。

〝女の子ちゃん〟も、かなりぐったりしていた。バンガロールは栄えているとはいえ、やはりインドの街。ゴミと牛の景色に、土煙で曇った空気、無機質な建物。そこには〝女の子ちゃん〟の栄養素ともいうべき「カワイイ」や「オシャレ」などはビタ一文存在しておらず、もはや〝女の子ちゃん〟は（ねえ、どうしてインドになんか来たんだっけ……？）と当初の目的を見失うまでになっていた。

時間はたっぷりある。アガスティアの葉は後回しにして、すでにインドに対して折れてしまっているこの心を、まずは静養させよう。そうだ、それならば、このままハンピ村に向かってしまうのはどうだろう。そうだ、それがいい、そうしよう。

バンガロールの雑踏、目がくらむほどの排気ガス、耳をつんざくクラクション音、そして牛牛牛ゴミゴミゴミ……。少し歩いただけでもうインドの都市部に辟易《へきえき》してしまった僕は、いますぐ田舎村であるハンピへと逃亡を図ることに決めた。


ガイドブックによればバンガロールからハンピまでの道のりは、バスで九時間。

問題は、そのバス乗り場がどの辺りにあって、どのようにチケットを買っていいのかが、全くわからないという点だった。

ガイドブックの地図を頼りにまずはそれらしきバスターミナルを目指すのだが、バンガロールの街は思っている以上に広大で、また地図の縮尺も歪んでおり、歩けども歩けども目的の場所まで辿り着かない。バンガロールは高原都市だと聞いていたのに、ぬるい風ばかりが吹く。喉が埃《ほこり》で乾いていく。

二時間ほどあっち へ行ったりこっちに戻ったりしているうちに、これはどうも迷子になっているらしいことにようやく気がつく。しばし途方に暮れたのち、バックパックの中にｉＰａｄを入れていたことを思い出した。今回の旅最大の味方であるそれを取り出す。紙のガイドブックに惑わされるくらいなら、初めからこのタブレットに頼っておけばよかった。

世はすでにＷｉ－Ｆｉ全盛期で、しかもここはインドでも有数のＩＴ都市、バンガロールである。フリーＷｉ－Ｆｉなど、街のどこにだって洪水のように溢れているだろうと高をくくり、路上でそれを検出する。すると案の定、あらゆるＷｉ－ＦｉのＳＳＩＤ名が現れる。

「マハラジャ」

「スパイス・ウェブ」

「カリー&アクセス」

おい、インド。ＳＳＩＤ名にまで主張を持ち込まなくてもいいではないか。ここがインドであることは、もう十分に理解している。大丈夫だ、ちょっと落ち着いてくれ。カリー&アクセスって、なんだ。

まったく、インドは本当にどこを切ってもインドである。ため息を吐きながら、ひとつひとつのＷｉ－Ｆｉが無料で使用可能かどうか、調べていく。しかし、全滅。どのＳＳＩ

Dにもロックがかかっている。

しかたがない。こうなったら勇気を出して、街ゆくインドの人々に道を尋ねよう。周囲を見渡し、なるべく話しかけやすそうな女性を発見、そばへと近寄った。

「ちょっとすいません……」

サリーを着た女性を前にした時、僕の心の中の「カワイイ・センサー」がゾクリとした。いままでにない感応だった。なんというか、そのコバルトブルーのサリーの美しさ、可愛らしさに、なにか原始的な「カワイイ！」を直感した。

「ハンピまでのバスが出発しているターミナルを探しているのですが、どっちに歩いて行ったらいいでしょう……？」

二十歳前後と思われる、その深い黒の肌の女性は親切に「ああ、あっちよ。まっすぐ歩いていけば着くわ」と道の向こうを指さす。お礼を言い、言われたとおりにまっすぐ進んでいく。

しかし、行けども行けども、辿り着かない。

これはどうもどこかで道を間違えたか？　と、また街ゆく人に再度尋ねる。そして方向転換をして進むが、また迷う。また尋ねる。進む。迷う。以下、繰り返し。

どうにも、おかしなことになってきた。バンガロールの人たちは、皆一様親切丁寧に、この見ず知らずの日本人に「あっちだ」「こっちだ」と道を教えてくれる。しかし言われた通りに進んでも、全然違うところへと行き着いてしまうのだ。そのうちにだんだんと、自分がパチンコ玉でインド人が釘の、バンガロールというパチンコ台をプレイしている気分になってくる。ゴールに、まったく玉が入らない。

こうなってくるとこっちも意地で、もはやインド人に話しかけることに怯えていたさっきの自分が嘘のように、積極的に道を聞きまくるようになっていた。

ここで、僕はインド人の不思議な習性を発見した。道を教えてくれた礼を僕が述べると、インドの人は必ず首を横に傾《かし》げるのである。

理解するまでに時間がかかったのだが、首を傾げる動作はインド人にとっての「どういたしまして」とか「そうそう、その通り」といった相手の話を肯定するときに使う表現なのらしい。つまりインド人と会話をしていると

僕「バスターミナルってこっちの道で合ってますか？」

インド人「(首を傾げる)」

というようなことが発生するのである。ちゃんとその意図をわかっていないと、「わかんね」「知らね」「なんだチミは」的な小バカにされているような印象しか抱けず、かなりうろたえる。そりゃそうだ。首を傾げる動作は、日本では相手の言っていることを否定するときに使うものなのだから。なので当初は

僕「この道で合ってますよね？」
インド人「（首を傾げる）」
僕「え？　間違ってますか？」
インド人「合ってるよ」
僕「なんだ、合ってるんですね？」
インド人「（首を傾げる）」
僕「え⁉　どっちスか⁉」
などというコントみたいなやり取りが何度も発生した。
そして、ようやく首を傾げる動作が「イエス」の意味だと理解し、バンガロールの人たちの教えてくれた通りに道を行くが、先述の通り、思いっきりその教えが間違っていたりする。
ああ、インドってなんて疲れるんだろう。
僕は路上で深いため息を吐いた。

路地裏に迷い込み、またしても違う道を来てしまったと重い足で大通りに戻ろうとしたその時、日本語の小さな看板が目に入った。インドに来て、初めての日本語だ。日本人向けの、現地旅行会社だった。

天国からぶら下がる蜘蛛の糸を見つけた思いで、その看板が掲げられた三階のオフィスへと向かう。

「いらっしゃいませ」

ああ！　日本人だ！　日本人の女性スタッフが日本語で僕に「いらっしゃいませ」と言っている！　砂漠の真ん中に突然現れたオアシスのごとき「いらっしゃいませ」が、僕の乾き疲弊した脳を潤してくれた。尋ねるとこのオフィスではハンピまでのバスチケットの手配をやっているという。一もなく二もなく僕はそのサービスに飛びつき、ようやくハンピ行きのバスチケットを手に入れることができた。その日本人女性スタッフの方は、親切にバス乗り場までの詳細な地図を描いてくれた。

礼を告げ、さてバス乗り場に向かおうとしたその時、オフィスのテーブルの上に置かれた小さな冊子が目に飛び込んできた。その表紙には、こう書かれていた。

「アガスティアの葉」

え！　と驚く。

「あの、もしかして、アガスティアの葉も、手配してもらえるんですか……？」

「え？　あ、ええ。当社ではアガスティアの葉の手配も行っております。アガスティアの葉は非常にローカルな占いのため、タミル語の通訳をお付けさせていただいております。けっこう日本人女性の方のご利用も多いですよ」

〝女の子ちゃん〟が嬌声をあげた。やった！　本当にアガスティアの葉の占いが、できるんだ！

まさかの、行き当たりばったりでアガスティアの葉を発見してしまった。そうか、そうだったのか。アガスティアの葉は、現地ではそんなに珍しいものではないのか。

「いいえ、バンガロールではほとんどアガスティアの葉による占いをやっているところはなく、おそらく当社が知っているその一軒だけだと思われます」

その女性スタッフさんの話によると

「インドでは占いが生活に密着しており、特に占星術は大学に専門の学科があるほど」

「アガスティアの葉もまたインド人にとってはごく当たり前の生活の一部であり、仕事で困った時などに利用するインド人もたくさんいる」

「いままでにも何人かの日本人に依頼されてアガスティアの葉の手配をした。ほぼ全員が、自分の名前が書かれた葉を発見している」

とのことだった。

日本にいる時はなかなか情報が出てこず、非常にミステリアスな存在だったアガスティアの葉。それがインドに来た途端にまるで実家の廊下に置かれている手作り梅酒みたいな、「あって当然」な存在に変わった。

現場に行ってみないとわからないことは、たくさんある。僕はそのことを改めて実感した。

さっそくアガスティアの葉の手配を依頼した。

各方面にスタッフさんが連絡を入れてくれたのち、かなり先の日にはなってしまったが、予約を取ることができた。アガスティアの葉は地元バンガロールっ子たちにも人気のため、なかなかすぐの予約は取りづらいとのことだった。

通訳の人も付けてもらうようにお願いした。通訳料は三〇〇〇ルピー、日本円にして約五七〇〇円。これに一〇〇〇ルピーの手配料が乗っかる。インドにしては、かなり高額のプログラムだ。

「あと、これとは別に当日、アガスティアの葉の先生に占い料を渡していただきます」

占い終了時にいくら請求されるのかは、その時その時で違うからなんとも言えないのだという。たとえば自分の運命が書かれた葉が出てくればだいたい相場で三〇〇〇～四〇〇〇ルピーほどを請求されるらしいのだが、時々自分の葉を見つけることができない人もいるらしく、その場合は一銭も請求されないこともあるという。

「これは、数年前に私どもがアガスティアの葉体験をコーディネートさせていただいた日本のお客様の話なのですけれど。その方は自分の葉を見つけることはできたのですが、先生が突然『見つかりましたが、この先を読むのはやめましょう』と言い出したんです。せっかく日本から、高いお金を出してインドに来て、しかも自分の葉がようやく見つかった矢先にそんなことを言われたので、そのお客様はずいぶん食い下がりました。しかしアガスティアの葉の先生は『私はあなたの運命を読みたくありません』と譲らず、結局お金の請求はなく、そのまま帰ることになりました。ホテルまでお客様を車で送ったのですが、まあ無口でしたね」

それは、そうだろう。自分だってそんな展開になったら、確実にブルーになる。せっかく自分の葉が見つかったのに、直前で「やっぱ読みたくない」と言われるなんて。何度も何度もデートを重ねて、ようやく唇を重ねることになったその直前に「あたし、生ニンニクをさっき五個もかじった。あと、わりと重い奇病を患っている」と言われるようなものだろう。

その人は、どんな気持ちで日本に帰ったのだろうか。

しかし、それらのリアルな話を聞いているうちに、再びアガスティアの葉に対する期待感が湧き起こってきた。いいじゃん、運命を教えてもらえなかった人もいるってエピソード、なんだか信憑性あるじゃん。〝女の子ちゃん〟が色めき立つ。

こういうエピソードに〝女の子ちゃん〟は滅法弱いのである。

その予約した日に通訳の人とバンガロールの街中で待ち合わせをする約束をして、オフィスを出る。そして僕は一路ハンピを目指すためにバスターミナルを目指した。

道中、どのくらい野良牛がいるのか数えながら歩いた。バスターミナルまで徒歩で一時間、そのあいだに牛は、八ダースはいた。いすぎだぞ、牛。そして牛は必ず、路肩のゴミの山を食んでいた。

ターミナルに到着したハンピ行きの夜行バス。思わぬことに、完全フラットシートであった。日本ではこんな形態のバス、見たことない。備え付けの毛布にくるまり、冷房の効いた車内に寝そべる。快適だ。カーテンを開き、窓の外のバンガロールにしばしの別れを告げる。

さようなら、たくさんの牛、たくさんのゴミ。
またのちほど、会いたくないけど、会いましょう。
それまでどうか、元気で。たくさんの牛、たくさんのゴミ。

そしてバスに揺られること九時間、眠い目をこすりながらインドの田舎の地へと飛び出ると、そこには一面、牛とゴミだらけの景色が広がっていたのである。

インドは、どこを切っても、本当にインドで、そして心の底から疲れる地なのであった。

〈インド〉ついに見つけた桃源郷・ハンピ村

僕と〝女の子ちゃん〟は、旅に出る時、さまざまな目的を抱く。

それは（美味しいものが食べた～い）であったり、（カワイイものに出会いた～い）であったり、（いま話題のパワースポットに寄りた～い）であったり、（奈良美智《ならよしとも》が作った大きな犬のオブジェが見た～い）であったりする。

で、これらの願望をぎゅっと詰めて言うなれば、僕と〝女の子ちゃん〟にとっての旅の最終的な目的とは「桃源郷を発見したい」なのだと思う。

ここではない、どこか。

そこで日常にはないものを食べ、見て、買う。

そこには求めるものすべてがあり、ただただ毎日遊んで過ごす。

そんな桃源郷のような場所がこの世界のどこかに必ずあると信じ、興味のアンテナが赴くまま旅を続ける。いつか桃源郷に出会えるのだと期待しながら、歩き続ける。

しかし、現実には、桃源郷などない。

たしかに旅先で見聞するものは非日常感に溢れたものも多いが、それも慣れてくれば現実の延長線上に存在しているものだと気がつく。旅の詩は、あっというまに、現実という乱文に化ける。

何年か前、僕は瀬戸内海に浮かぶ、直島へと旅行に出かけた。

直島は「アートの島」として近年国内に名を馳《は》せ、さまざまな現代美術作品が島内に散らばっている。まさに、島ごと美術館。そんな直島は、とにかく女子に人気がある。『Hanako』には、もう隙あらば直島に関する記事が掲載されているほどだ。むろん、僕の〝女の子ちゃん〟も直島に興味を抱かずにはいられなかった。直島に対して、どこか桃源郷を期待していた。

積年の夢が叶い、直島を訪れた僕は、すぐに銭湯「I♥湯」へと向かった。それは現代美術家・大竹伸朗《おおたけしんろう》による美術作品兼公衆浴場で、実際に湯船に浸かりながらアートを体感できるという、女子だったら食いつかないはずのない施設なのである。

人気の「I♥湯」は、女子風呂に関しては大行列、男子風呂は無人であった。男に生まれてよかったと半笑いで入場し、浴室内の象の置物やタイルに描かれたグラフィティなどの可愛らしいデザインを独り占めし、湯船に肩まで浸かった。浴室内に薄く流れる、オシャレなBGM。〝女の子ちゃん〟が多幸感によって満たされていく。

「ああ、この直島こそが、自分の探し求めていた桃源郷なのかもしれない……」

本気で、そんなことを思った。毎日、この銭湯で働き、この島でゆっくりと暮らせたら、どんなに幸せだろう。番台さんに「ここで働かせてください」と頼んでみようか。そんな「千と千尋の神隠し」気分になりながら、湯船から上がった。

銭湯の出口で夢見心地のままタバコを吸っていると、次から次へと風呂上がりの女子の群れが出てくる。皆、顔をほころばせている。やはり、女子にとっての桃源郷なのだ、ここは。

と、その時、風呂上がりの女子たちを待ち受けていたかのように、どこからともなく二人組の男が現れた。

「キミたち、このあと、なんか予定ある？」

女子たちが、きょとんとする。

「僕ら、この島で店をやってるんだけどさ。もう閉めちゃったから、よかったら一緒に飲まない？　ごちそうするよ」

女子たちは互いに顔を見合わせ、えー？　どうするー？　あー、でもー、まだご飯食べてないからちょうどいいかもー、え、そのお店ってここから近いんですかー？　などと言いつつ、気がつけばその男たちと一緒に夜の直島へと消えてしまった。

一瞬の出来事にポカンとしていると、その様子を一緒に眺めていた銭湯の従業員さんが「直島じゃ、あれが日常の光景だよ」

と教えてくれた。全国各地から女子が大挙して訪れる、この直島。地元の青年たちにとってはこんなに濡れ手に粟《あわ》な話はなく、昼は女子向けのカフェを経営し、夜はせっせとナンパに励む。それがこの島の通常運転だという。

(乱れてる！)

〝女の子ちゃん〟が思わず叫ぶ。桃源郷だと思っていた地は、こんなにも爛《ただ》れた場所だったのか。落胆し、それでも「I♥湯」は本当に素晴らしかったと淡いネオンに光るその外観を眺めていると

「ちょっと、そこに立たないでください」

と厳しい口調で声をかけられた。見ると、長髪に変なチューリップ帽をかぶった美大卒丸出しの男が、一眼レフをかまえて「I♥湯」を撮ろうとしていた。この男もきっと心の中に〝女の子ちゃん〟を宿している、僕と同種の人間だろう。

「どいてください、あなたがフレームに入ってしまう」

桃源郷など一瞬の幻に過ぎず、旅の先にもまた、現実が続く。直島はそれを僕に教えてくれた。

「終点ですよ、起きてください」

深夜バスが到着し、降り立った先に広がった牛とゴミ。

「ああ、ハンピもまた、楽園ではなかったのか……」と肩を落とした。

バンガロールとは違い、バナナ畑が延々と続くインドの田舎村。その道々にも、牛がいて、ゴミをくちゃくちゃとしていた。もういい。その光景、もう見飽きた。ブロロロロ。乗ってきた深夜バスが遠くに消えていく。

早朝のバス停、といってもベンチが青空の下に置いてあるだけなのだが、そのバス停に座っていたおじさんに「ここら辺で泊まれるところはありますか？」と尋ねた。おじさんは一瞬「え？」とした表情を浮かべ

「ここいらは泊まれるところなんてないよ？」

と答えた。

「え？　だって、ここってハンピ村ですよね？　いくつかゲストハウスがあるって聞いたんですけど……」

「なに！　お前、ハンピに行きたいのか？」

「え？」

「ハンピはここから一時間、戻ったところだぞ」

なんと、深夜バスに揺られて夢を見ている間に、ハンピ村を通り過ぎてしまったらしい。運転手には「ハンピに着いたら起こしてくれ！」としつこく頼んでおいたのに、なぜこんなことに……。寝起き初っ端《ぱな》からインドに対しての嫌悪感を再沸騰させつつ、そのバス停のおじさんに教えられた通りにローカルバスへと乗り換えた。

地元の人で満員のバス。全員が全員、こんな辺鄙な田舎の村に現れた日本人に好奇の目を向けてくる。インド人の視線はねっとりとしていて、強い。（やだ、もしかして頭の中であたしのことを裸にしてるんじゃ……）と〝女の子ちゃん〟が震える。

土埃を舞い上げながら、バナナ畑の中の細い道をバスは走る。朝日がゆっくりと昇っていく。すると車窓に奇妙な光景が現れた。道の両脇にずらっとインド人男性たちが座り並んでいるのである。皆、バナナ畑に背を向け、道側を見つめるようにして座っている。その数、一〇〇人以上。いったい、なにをしているのであろうか。

野糞をしているのである。

家にトイレがないのか、ただの生活習慣なのかは知らないが、男たちは仲良く肩を並べながら、路肩にしゃがみ込んで、野糞をしていたのであった。脱糞途中の男たちと、車窓越しに何度も目が合う。

「瞬間最多他人のウンコを目撃した記録」

「瞬間最多他人の男性器を目撃した記録」

自分ギネス記録を一気にダブル更新し、〝女の子ちゃん〟は（もうこんな国、嫌ぁぁぁぁぁぁ！　こんな国に、桃源郷なんかあるわけないぃぃぃぃぃぃ！）と絶叫した。

こうして息も絶え絶えにしてようやく辿り着いた、ハンピ村。

村の入り口には噂通りの巨奇岩山群がそびえ、なんだか荒涼とした雰囲気である。

「なんでこんな村に、桃源郷を期待してしまったのだろう……」

バンガロールに戻るまでの間、このハンピ村で過ごす予定にしてしまった。まずは宿でも探すか……。鉛のようなため息をこぼす。自分の鼻の利かなさに落胆しつつ、その小さな村へと足を踏み入れた。

すると、パッと華やぐものがあった。

ハンピ村の集落、可愛いのである。

いかにもちょこんとした、ミニサイズの家々。そのどれもが外壁に原色のペイントをほどこしていて、オレンジ・黄色・赤・紫・真緑といった目に眩しいカラフルな景観が続いている。ギリシャの港町・パルガにも負けない、鮮やかな色に溢れた町並みなのだ。

チャパティ（小麦を薄く焼いたクレープのようなもの）を焼いているのだろうか、香ばしい匂いがその家たちから漂い、優しい香辛料の気配がそこに混ざっている。

そしてハンピ村には、ゴミが落ちていない。そこには、インドとは思えないほどの清潔感があった。といっても、それはリゾート地のような人工的な清潔感ではなく、地元民が生活の中でこまめにこの村を手入れしている、そんな温かみのある清潔感である。

さすがに、牛はここでもいた。しかしハンピの牛はゴミを食べるのではなく、きちんと川沿いの草を食んでいた。水牛もいる。牛飼いの「ハッ！　ハッ！」という掛け声が、心地よく村に響く。

もしかしたら……。

落胆から一転、突如インドの片田舎に現れた絵本の世界のような光景に、胸が騒ぐ。村のはしっこにあったゲストハウスにチェックイン、薄いブルーで統一された部屋に荷物を投げ、天井を見上げる。

まさか、本当にまさかだが、ここは桃源郷なのではないか?


そう、そこは本当に、〝女の子ちゃん〟にとっての桃源郷であった。


小さな小さな、ハンピ村。

ハンピ村の人たちの生活は、隣接する寺院などの遺跡群や巨岩群を訪れる旅行者たちからの収益によって、成り立っている。

遺跡群は、世界遺産にも登録されている。普通、こうなると隣接する村は観光弊害によって荒れるものだが、ハンピにはその気配が一切ない。巨石群に囲まれた僻地ゆえ、外国人がこぞって訪れるほどのハンピまでの交通が、まだちゃんと整っていないのだ。

だから、生活が成り立っているとはいえ、ハンピ村が潤っている印象は、ない。家族が生きていける分だけのささやかな豊かさを村民同士で共有し合い、激しく競うことなく、皆おだやかに暮らしている。インドとは思えないのんびりとした雰囲気が、ハンピ全体に漂っているのだ。

これは、奇跡だと思った。


一眼レフを下げて、そのゆるやかな空気感のハンピ村を歩く。

「ハイ!」

子どもたちが照れくさそうに、挨拶を交わしてくる。ここでは外国人はそこまで珍しいものではないはずなのに、チラッチラッと村の人たちが目を合わせてきて、そして一様にはにかんだ笑顔を浮かべてくる。

なんと平和なのだろう。


村の中には、レストランがいくつもある。どれもこぢんまりとした造りの、個人レストランである。パタパタと天井にまわる扇風機、その店内で涼を取りながら、ソファに寝そべり、マンゴーラッシーを飲む。

夜になると、洪水のような星空がハンピ村を包む。フルーツコウモリだろうか、大きな黒い影がジャックフルーツの木の周りを羽ばたき、蛍がハラハラと夜空に昇っていく。

朝はレストランの上で開催されているヨガのプログラムに参加。新緑の濃い空気を鼻からいっぱいに吸い込み、ひたすらに心身の浄化に励む。

猿たちがそれをバナナの木から、じっと見ている。


ヨガのレッスンのあとは、川沿いを散歩する。

沐浴《もくよく》をする人たちの姿、それが川面を反射するキラキラとした光を受けて、美しい。隣の寺院で飼われている象の「ラクシュラミ」も水浴びへとやってくる。

川の岸辺の岩には、いくつもサリーが干されている。沐浴をする女性たちが、ついでに洗濯をしているのだ。

乾いたそれを着込む、ひとりのインド人女性と目が合う。鮮やかなピンク色のサリーを着た彼女が、恥ずかしそうに「グッモーニン……」と挨拶を投げてくる。その瞬間、男としてではなく、〝女の子ちゃん〟として、ゾクリとする。バンガロールで道を尋ねた女性に感じた、あの時のゾクリと同質のものだった。「カワイイ・センサー」が作動したのである。

濃い黒の肌をした南インドの女性には、原色のサリーが似合う。どこか妖艶《ようえん》で、それでいて唯一無二の可愛らしさを確立している。それを眺めている者の、本能の部分が「カワイイ！」と反応する、そんな愛らしさなのだ。

川岸から、サリーの女性たちを眺めながら、ゾクゾクとしたものを背中に走らせ続ける自分。

なんだろう、興奮していた。

しかしそれは、男性として異性に覚える興奮ではない。あくまで〝女の子ちゃん〟としての興奮なのである。

しばらく考えてから、こんな答えに行き着いた。

「カワイイ！」とは、詰まるところ、欲情に他ならないのである。

「カワイイ！」の奥には、これが欲しい！　これを自分のものにしたい！　むしろ自分がこれになりたい！　が潜んでいる。そう、「カワイイ！」は、欲求のソフトな言い換えなのだ。

インドの悠久の歴史の中で、女性たちが洗練させていった、サリーというファッション。そこには〝女の子ちゃん〟を扇情する、原始的な「カワイイ！」が潜んでいた。

ぶらぶらとしながら、ハンピの満たされた日々を過ごす。気が向いたらアーユルヴェーダーの施術を受けたり、手相占いをひやかしたりする。そして、時には買い物を楽しむ。屋台のようなミニサイズの商店には、美容グッズが充実している。特に気に入ったのがインドでも有名な「ヒマラヤ社」製のリップクリームや石鹸《せっけん》。日本では輸入業者を通してでしか買えない高価なそれらが、ここインドでは八〇円から手に入る。特に気に入ったのが「かかとクリーム」で、ハンピに滞在している間、僕はかかとの角質に親でも殺されたのかという勢いで、そのクリームを毎朝毎晩、塗りたくった。

遺跡群にも足をのばした。遺跡群は、地元のインド人たちでにぎわっていた。誰もが
「あ！ 日本人や！」
という感じでにこやかに近寄ってきて、握手を求め、写真を一緒に撮ってくれないかとねだってくる。インド人高校生の遠足の団体につかまったときは、二〇〇人はいると思われるその女子生徒ひとりひとりに
「お会いできて光栄です……」
的な感じで握手を求められ、僕は「おお、どうも日本では人気がないと思ったが、そうか、自分の人気はここにあったのか……」と錯覚するまでに至った。

ピクニックに来ていたインド人大家族に話しかけると、「一緒にお弁当を食べよう」と優しく輪の中に招き入れてくれ、そこから「よかったら今日はうちに泊まっていかないか」と誘われ、ハンピの隣の村へと移動、その大家族の家にて一宿一飯の世話を受け、朝

玄関で
「名残惜しいけど、またハンピに戻ります」
と別れを告げると、大黒柱のお父さんに
「お前は家族だ……」
と抱きしめられ、みんな目を潤ませるといった、あと僕にハット帽をかぶせてもらったら完全にナオト・インティライミ、という事態まで発生した。

ハンピ滞在中は、「マッタンガヒル」にも何度も登った。そもそもの僕のハンピを目指すきっかけを作った、あのパワースポットの山である。

赤茶けた巨岩の山の頂上、そこには神々しい景色が広がっている。バナナ畑と森の緑、その周りには大きな奇岩の山がいくつも走っていて、ドラゴンボールに出てきそうな非日常の光景である。

地平に、夕日が落ちていく。静寂が岩山の上に広がる。言い知れぬ波動が、足元から湧き起ってくる気がする。

これこそが、本物のパワースポットだと、〝女の子ちゃん〟は心を震わせた。

グルメ・ヨガ・マッサージ・ショッピング・美容グッズ・カワイイもの・動物・パワー

スポット、それに地元の人との温かな交流……。ハンピ村には〝女の子ちゃん〟が旅に求めているもの、そのすべてがそろっていて、しかも下北沢や吉祥寺のような雑然さゼロという、おだやかな時間が流れている。

これを桃源郷と呼ばずして、なんと呼ぶのだろう。


オフシーズンということもあってか、ハンピ村に滞在している日本人は僕ひとりのようだった。

ハンピに居続けること六日も経った時、僕の中にとある危険な変化が起きた。

〝女の子ちゃん〟が、完全に僕の主幹部分を制御し出したのである。

日本では人目を気にしながら、〝女の子ちゃん〟をなるべく目立たせないように飼っている僕。それはつまり「ちょっと、おたく、なんか飼ってるでしょう？ うち、ペット禁止なのよ！」と、常に世間という名の大家に睨まれている状態である。

その日本での抑圧状態が、ハンピ六日目にして、突然に解放された。この桃源郷で人生最大に〝女の子ちゃん〟を満たしているうちに、自由の羽を生やしたそれは、カゴの中から飛び立ったのである。

つまり、生まれて初めて、僕と〝女の子ちゃん〟が完全に一体化したのだ。

その瞬間、生まれて初めて、心が覚めた。

やっと手に入れた、重しのない気分。僕は口笛を吹いて、ゲストハウスの屋上に洗濯ものを干していた。

するとその時、下から僕に声をかける者があった。

「すいません、日本人の方ですか？」

日本語だった。見ると、大学生だろうか。若い日本人の男の子がそこに立っていた。

彼の名前はまことくん。関西の大学で医療の勉強をしているという。お医者さんの卵だ。大学に休学届を出して、インド旅行にやってきたのだという。

甘いマスク、ころころとした笑い方、そして将来の有望性……。完全に〝女の子ちゃん〟に制御棒を握られている僕が、まことくんにときめかないわけがなかった。どうしたんだ自分、落ち着け自分、なんでどぎまぎしながら「あ、こ、この宿は、た、たぶん空きがあるよ、オ、オ、オーナーさん、あとで帰ってくると思うから、ぼ、僕の部屋に、に、荷物置いていいよ」なんて答えてるんだ、まことくんに親切にしてあとでなにを狙ってるんだ。

するとオートリキシャがゲストハウスの前に止まり、またしても日本人男性が現れた。彼の名はゆうたくん。日本でSEの仕事をしていたが、長年の夢を捨てきれず、一念発起して仕事を辞めて長期の世界旅行を始めたのだという。バングラデシュからインドへとまわってきた彼は、浅黒く焼けた肌の、いかにもな体育会系の男子。歳を聞いたら、僕よりも干支《えと》が一回り下であった。

そしてさらに続けて、三人目の日本人男性が現れた。とおるくんと名乗った彼もまた僕よりも年下で、しかし含蓄の深そうな瞳をたたえた、文学青年であった。とおるくんもまた世界一周旅行の途中で、日本を離れてすでに二年が経過しているという。

これはいったい、なんの恋愛ゲームかと思った。

完全に乙女化した状態の僕の前に、タイプの違う好青年が三人。完全に女性向け恋愛ゲームの序盤ではないか。イベント発生ではないか。いきなりデートに誘ったらゲームオーバーなのか。何を考えているのか、自分。

互いに長いこと日本人に出会っていなかった飢えを共有し、僕ら四人はすぐに仲良くなった。その夜はゲストハウス近くのルーフトップレストランで乾杯を交わし、互いの自己紹介や旅遍歴を語り合った。

特に二年も世界を回っているとおるくんの話は、どれも興味深いものばかりであった。

•ハンピに来る前、カニャークマリという港町の安宿で、誤ってベッドを燃やしてしまった。なんとか消し止めたが、そのシートがはだけたベッドの内部を見たら、ぎっしり人毛が詰まっていた。マジ、気持ち悪かった。

・旅の中でお金を稼ぐ方法はいくらでもある。たとえば、オーストラリアの重機を洗う仕事。これだったら外国人でも月に八〇万円は稼げる。それからイギリスの新薬実験に協力しても、八〇万円くらいもらえる。ただ、どっちも途中で人間らしさを失うおそれあり。
・アイスランドにはペニス博物館という珍名所がある。どうしてそんな博物館が建てられたのかは知らないし、知りたいとも思わない。
・いままで巡った場所の中で、一番良かったところは南極。ペンギンの雛《ひな》がとても可愛い。ただ、ちゃんと時期を選んで行かないと、第二次性徴期を迎えたペンギンの雛が変な毛を生やしながら声変わりみたいなしゃがれた鳴き声で群れを成しているので、引くことになる。
・いま、一番行きたい国は、日本。二年も旅を続けていると、さすがに……。

とおるくんの話に、みんな声をあげて笑ったり感心したりしている。

僕は、嫌味なく淡々と旅のエピソードを喋る朴訥《ぼくとつ》なとおるくんを見ながら、うっとりとした気分に包まれる。

もはや、恋愛ゲームのスタートボタンは、押されてしまっていた。


その日から、僕と男子三人による、ハンピの日々が始まった。

僕は、完全におかしなことになっていた。

まず、朝はまことくんを誘って、一緒にオートリキシャをチャーターしての遺跡めぐり。互いに写真を撮り合ったり、屋台のサトウキビジュースを分け合ったりして、午前中を過ごす。

一緒にご飯食べます？　そんなまことくんの親切心を「ごめん、このあと予定があるんだ！」と言って断り、すぐさまゆうたくんの待っている川の対岸のレストランへ。

「お待たせ～」

そしてゆうたくんと昼からビールを飲み、将来のことや恋愛の話で盛り上がる。

夕方は四人で待ち合わせをして、「マッタンガヒル」を登る。若者たち三人はぐいぐいと岩山を駆け上り、僕だけが息を切らして「ちょっとぉ、待ってよ～」などとその背中を追う。途中、洞穴を発見した三人はなんの躊躇もせずその中へと進入していき、「やだ、男子ぃ～、やめなよ～！」としかたなく僕もあとに続く。すると三人を見失い、「え、どこ？　みんな、どこ⁉」とプチパニックに襲われる。

光の差すほうへと手探りで進むと、突然チチチ……と三匹のコウモリが羽音を立てて前方から僕の頭上を抜けていく。（まさか、あの三人は、コウモリの化身だったの……？）そんなラノベ脳が全開になったところで、ようやく出口に辿り着くと、そこには夕日を眺める三人の背中があった。

「みんな、大好きだょ。三人とも、大好きだょ……」

あきらかにおかしな「ょ」が登場したあとは、下山して四人で夕食。

そしてゆうたくんとまことくんが寝静まったあと、ゲストハウスの庭先のチェアに座って、とおるくんと静かにふたりきりで語らう。

「ああ、誰かひとりに決めろなんて、神様、なんて残酷な試練をお与えになったのですか！」

誰かひとりに決める必要はまったくないのにもかかわらず、僕は神様を恨む。神様もいい迷惑である。

まさに、僕専用の実写版恋愛ゲーム。

僕が頭の中でそんな腐臭の強いゲームをプレイしていることなど露ほども気がついていない三人の青年たちは、ハンピの日々の中で、無邪気に笑っていた。

そして迎えた、ハンピ村での最後の夜。

明日には、ここを発《た》ち、僕はまたバンガロールへと戻らなくてはならない。

ひとりゲストハウスの庭で逡巡を重ね、そして決意をして、まことくんの部屋のドアを叩く。

「……はい？」

寝ぼけ眼《まなこ》をこすりながら、ドアの先にまことくんが現れる。

あどけない笑顔。

ゆうたくんの精悍《せいかん》な顔つきも、とおるくんの教養のある表情も好きだが、やはり僕のタイプは、まことくんだ。

僕はこの恋愛ゲームのエンディングに、まことくんを選択した。

「これ……」

まことくんに一片の紙を握らせる。それは、僕の電話番号、メールアドレス、それからフェイスブックのIDがしたためられた、手紙であった。

「起こしちゃって、ごめん！　おやすみ！」

颯爽とドアの前から立ち去る、僕。遠くでヤギがメエエエエエと鳴いていた。


そして次の日、僕は三人に別れを告げずに、ハンピを去った。

さよならを言うと、それだけで涙が出てしまう気がしたからだ。

「これで、よかったんだよネ……」

バンガロール行きのバスが到着する。ハンピ村の方角を振り返ることなく、さっとバスへと乗り込む。

そして、フラットシートに荷物を置いて、窓ガラスに映った自分の顔を見た瞬間、愕然とした。

そこには、青ひげで、鼻脂がてかり、いかにも過去三回は書類送検されたことがありそうな、ただの三一歳のおじさんが、映っていた。

魔法が解けた瞬間であった。

恋愛ゲームが強制終了された瞬間であった。


こんな話を聞いたことがある。

南米のとある山奥に、桃源郷と呼ばれる秘密の里があった。

ひょんなことからそこに迷い込んだ旅人たちによって造られた桃源郷、そこでは毎晩酒池肉林の宴《うたげ》が繰り広げられ、怪しい煙を吸いながら、皆が皆、遊び呆《ほう》けて暮らしていた。

しかしある日、狂気を催したひとりの住人によってその桃源郷は壊滅、誰もがそこで白骨となって朽ち果てたという。


桃源郷は、確かにこの世のどこかにあるのかもしれない。

しかしその桃源郷に身を沈めすぎると、自分を見失う。そして、あらぬ方向へと自らを追いやってしまう。気がついた時にはすでに手遅れで、取り返しのつかないことになっていることもある。桃源郷とは、美しくて、楽しくて、そしておそろしいところなのである。

僕はバンガロール行きのバスの中で、枕に顔をうずめて「あああああっ！」と思い切り叫んだ。

まことくん、これを読んでいたら、あの手紙はいますぐ燃やしてください。

〈インド〉真打登場、アガスティアの葉

さて、〝女の子ちゃん〟を再び心の中へと幽閉し、通常運転へと戻った僕は、バンガロールの街へと戻ってきた。

ついにこのインド旅最大のイベントである、アガスティアの葉に突入する。

スターバックスの前で、通訳の人を待った。相変わらず、傍らで牛がなにかのゴミを嚙んでいた。

その牛の前に、一台の車が到着する。そして降りてきたのが、今回アガスティアの葉体験の通訳でお世話になる、ギータさんという女性通訳である。

ギータさんは齢《よわい》にして六〇歳。ご高齢である。しかし全身からは力強いオーラが溢れ、聡明な顔つきをしたインド人女性だ。

聞くとタミル語の他に、英語と日本語が堪能で、かつて日本で大ヒットしたインド映画「ムトゥ　踊るマハラジャ」の日本語字幕の監修を担当したこともあるという。

心強いパートナーを得て、僕はさっそく車内で様々な質問をギータさんにぶつけてみた。

「ギータさんは、アガスティアの葉を体験したことはありますか?」

「あたしはありません。それは怖いからです。いままで何人もの方のアガスティアの葉の付き添いをしてきましたが、ほとんどの人が自分の葉を見つけていました。そしてその葉にはその人が死ぬ日時までが刻まれています。そこまで詳細な運命の道筋を知ることを、あたしは求めていないのです」

「ではギータさんは占い全般に関してはどう思われていますか?」

「インドの人々は、占いの結果に自分の将来をゆだねることが多いです。それは日本人の占い好きの比ではありません。占いはインド人にとって生活の一部なんです。あたしも、占星術を参考にしながら様々な物事を決めています。ただ、あたしは占いを、オカルト的なものではなく、もっと学問的なものだと捉えています。ちなみにあたしの妹は、占星術の勉強をしていますよ」

「学問的なものって、どういうことですか?」

「たとえば占星術に関していえば、あれは星の動きからひとりひとりの人間の運命を知るという占いです。つまり、天文学の一部なのです。宇宙はある日、無から有を生みましたよね?　この宇宙が生まれた瞬間に、すべての有の運命は決まっているんです。それはつまり、はじかれたパチンコ玉がどのような道筋をたどってゴールへと辿り着くのか、それはもうはじかれた瞬間に決まっているのと、同じことなんです。あらかじめ決められた運命を、星の動きから予測する。それが占星術なんですよ。ちゃんと理《ことわり》があるんです」

賢いギータさんの話にはいちいち説得力があり、僕の質問にも熱がこもった。

「インドの人にとって、神様とはどんな存在ですか？」

「インドはとても広い国ですから、様々な宗教が混在しています。だから一概には説明できませんが、たとえばナマステっていう挨拶があるでしょう？　あれは『こんにちは』という意味ではなく、『尊敬しています』って意味なんです。これ、なんだかおかしいでしょう？　だって初めて会った人にも『尊敬しています』って言うんですから」

「ええ」

「インド人の考え方のひとつに、『あらゆる物の中に神様は存在している』というものがあります。あの牛たちにも、小石の中にも、そして人間ひとりひとりの中にも、神様は宿っているという考えです。つまり、ナマステとは、『あなたの中にいる神様を尊敬しています』という意味なんですね。だから手を合わせるんですね。インド人にとって、神様とは、自然の一部として常に自分を見守っていてくれている存在なのです」

ふと車窓の外を見ると、宝石を扱う商店街が両脇に広がっており、それぞれの店内には人が溢れかえっていた。

「インドの人って、宝石が好きなんですね」

「違うんです。たしかにインド人は宝石が好きなのですが、今日は特別な日なのです。ゴールドの日と言って、金製のものを今日買うと良いことがある、という日なんですよ」

「なんすか、そのゴージャスな行事は」

「みんな、一年に一回、この日だけはこぞって金を買いに来るんです。さっきもおかしかったですよ。あまりにみんなが金しか買わないものだから、家電屋さんが『奥さん！　今日冷蔵庫を買うと、冷蔵庫代と同じ値段の金が付いてくるよ！』って叫んでいました。この日はみんな、ちょっとおかしくなっていますね」


そんなお喋りをしながら車を走らせること一時間弱、我々はバンガロールの郊外にある、路地裏へと到着した。

「ここが、アガスティアの葉の館です」

一見すると、普通の民家。ギータさんに続いて、その館の外階段を上がる。すると待合室のような空間が現れた。

「はい、あなたが予約なされた方ね。こちらに生年月日を書いてください」

突然、白い服を着たインド人男性が現れた。彼がこの館の主、アガスティアの葉を読むことを許されたインドでも数少ない存在、通称ナディ・リーダーである。

言われた通り、その小さなメモ用紙に自分の生年月日だけを記入する。名前などは一切聞かれなかった。本当にこれだけの情報で、僕の運命が書かれたアガスティアの葉を見つけることができるのだろうか。

ギータさんと共に、奥の部屋へと通される。

お香が焚かれ、祭壇に聖者アガスティアを描いたと思われる絵が飾られている以外は、いたって質素な部屋であった。僕はすこし拍子抜けする。もっとミステリアスで、なんというか、蜷川実花《にながわみか》な感じの内装を想像していたのである。

さっそく、「アガスティアの葉の検索」が始まった。それは、今日この館に訪れる運命にあった人たちの葉の束の中から、僕の個人情報とぴったり符合する一枚の葉を見つける作業である。簡単に説明したが、改めて考えると、やはりかなりのオカルトめいた話である。すでに僕の名前や運命が書かれた葉が、この館の中でずっと今日の僕の到着を待っているという話なのだから。

眉に唾をつけつつ、いざアガスティアの葉との対戦が始まった。

ナディ・リーダーが、六〇枚はあるかと思われる、木の板の束をテーブルの上に置いた。この木の板が、アガスティアの葉であるらしい。

葉と聞いていたので、てっきり小熊が小雨をしのぐときに頭にかぶるような、可愛らしいサイズのものを想像していたのに、登場したのは無骨な木の板。まあ、本当に葉っぱであれば何千年間も保存できるわけではなく、木の板の状態で残っていることのほうが自然だ。しかし、なんでこれを葉と呼んでいるのか……?　若干の訝しみを感じる。

見ればそこにびっちりとタミル語でなにかが書かれている。

一番上の木の板に目を落としながら、ナディ・リーダーが質問を僕にぶつけてくる。ギータさんがそれを丁寧に通訳してくれる。

「えー、あなたは動物にたずさわる仕事をしていますか?」

はっきり、「NO」と答える。

するとナディ・リーダーは、「じゃあこの葉は違うね」という感じで、二枚目の木の板をめくった。

「あなたは、タカシという名前ですか?」

もちろんこれも、「NO」である。誰だ、タカシって。

三枚目をめくるナディ・リーダー。

「じゃあ、タクヤという名前ですか」

いや、だから、タクヤっていうのも、誰だ。

と、ここで僕はハッとして、ギータさんのほうを見る。そうなのだ、いきなり日本人の名前がつるっとナディ・リーダーの口から飛び出しているのである。これは、いったい、どういうことなのだろう。

「あたしもわからないのですが、日本人の方がここに来ると、当たり前のように日本人名が読み上げられるんです。アガスティアの葉って、不思議ですよね」

ギータさんは、なんだか悪戯《いたずら》っぽく微笑んだ。

アガスティアの葉の検索は続く。

「あなたは、動物にたずさわる仕事ですか？」

いや、だから違うとさっきも言っただろう。若干憮然としながらも僕は「ＮＯ」と答える。

「あなたの名前はカ行で始まりますか？」

「あなたは結婚に失敗したことがありますか？」

「あなたの父親は、二回結婚したことがありますか？」

「あなたは無職ですか？」

「あなたは口臭に問題がありますか？」

質問攻めの時間が続いた。だんだんと、面倒な気分が湧いてくる。なんだっけ、これ、なにかに似てるなと思ったら、インドビザの申請書と同じ質問の嵐なのである。ああ、インド、質問魔の国。

そして、どの質問も、すべて答えが「NO」なのである。しかも、若干、失礼なテイストの質問も混ざっている。おい、ナディ・リーダー。僕たち、さっき初めて会ったもの同士なんだからな。口臭に問題がありますかとか、普通は聞いちゃいけないぞ。そんな僕の内心のぷりぷりとした怒りを完全に無視して、ナディ・リーダーは質問を続ける。

「あなたは犬を飼っていますか？」

「NO」

「あなたの名前はラ行で始まりますか？」

「NO」

「あなたの仕事は弁護士ですか？」

「NO」

「あなたの名前は、サ・ス・ソのどれかから始まりますか？」

「……イエス！」

やっと飛び出した、イエス。僕の名前はソウヘイで、「ソ」から始まる。とにかくこの「NO」地獄から解放された喜びと、やっと自分の葉を見つける糸口に辿り着いた興奮で、思わず椅子から立ち上がる。

しかしナディ・リーダーはそのあと続けて
「じゃあ、あなたの仕事は、社長？」

という、かなり間違った質問を飛ばしてきた。聞かなくても、見ればわかるだろう。こっちは見るからに財布に三〇円しか入っていない顔をしているだろうが。

そしてまたしても、怒濤《どとう》の「ＮＯ」の時間が訪れた。

ナディ・リーダーは次から次へと、アガスティアの葉をめくっていく。


検索を開始して、一時間が経過した頃、僕の脳みそは完全に疲れ切っていた。

あなたも体験してみればわかる。脈略のない質問群にずっと「ＮＯ」「ＮＯ」「ＮＯ」と答える単純作業は、想像以上にしんどいものなのである。頭の中が次第に真っ白になり、無意識のうちにあくびをしてしまう。

ふと横を見ると、ギータさんもあくびを噛み殺している。そして正面のナディ・リーダーも、大あくびをしながら質問をしている。おい、お前まであくびってどういうことだ。

それでも「もう諦めましょう」と僕が言い出せないのは、その「ＮＯ」大量生産の中に、ごくごくたまにだけれども「ＹＥＳ」が混ざるからである。

しかし、つかの間の「ＹＥＳ」に色めき立つも、すぐさま「ＮＯ」の行列へとまた質問は戻ってしまい、いったい自分はなんの質問に対して先ほど「YES」と答えたのかも見失ってしまう。

それほどまでに、「NO」の含有量が、すごい。

「ちょっとこの束の中にはなさそうだから、もうひとつの束を取ってくる」

そういって席を立つ、ナディ・リーダー。僕はその言葉を受け、ぐったりとした色を隠せなかった。まだ続くのか、これ。

僕と同じく、飽きた感を丸出しにしているギータさんに、尋ねる。

「こんなにアガスティアの葉って、検索に時間がかかるものなんですか?」

「うーん、人によって全然違いますね。五分ほどで見つかる人もいれば、六時間くらいかけてようやく見つかる人もいます」

六時間! 東京と大阪を往復できる時間である。さすがにそんな時間をかけたくはない。

ナディ・リーダーが持ってきた二つ目の束を前に、どうかこの中に僕の葉があることを心から祈った。

ナディ・リーダーが、一枚目の木の板を読み、質問を再開する。

「あなたの名前は、ナオト?」

違う。「NO」だ。たしかにこないだハンピでナオト・インティライミになりかけはしたが、僕の名前はナオトではない。

ナディ・リーダーが、二枚目に目を落とす。

「あなたの名前は、ソウエイ?」

え?

ソウエイ?

ん?

するとギータさんが落ち着いたトーンで
「タミル語は訛《なま》りが強いんですよ。ほら、これ、きっとあなたの名前ですよ」

と言った。

間を置いてから、ブルッ、と鳥肌が立った。

「YES! そう、ソウヘイ! ソウヘイです、僕!」

興奮して、叫ぶ。するとナディ・リーダーは「なるほど」といった面持ちで、そのまま
二枚目の他の箇所を読みながら、こんな質問を続ける。

「あなたの父親は、カズハリ?」

僕の父親の名前は、カズハルである。「YES!」

「では、あなたの母親の名前は、キヨイ?」

僕の母親の名前は、キヨエである。「YES!」

「あなたの父親は、機械の仕事をしている？」

僕の父親は、バイクのエンジニアである。「YES！」

「あなたの母親は、子どもにたずさわる仕事をしている？」

僕の母親は、幼稚園の先生である。「YES！」

「そしてあなたは、雑誌や本を書く仕事をしていますね？」

ここに来て、突然に断定口調のナディ・リーダー。その顔を見ると自信に満ち溢れていた。

「YES。そうです、僕はものを書く仕事をしています」

するとナディ・リーダーは「あー、ようやく終わった」という安堵のため息を吐いて、

「はい。やっと見つかりました。これが、あなたの運命が書かれた葉ですよ」

と言った。

〝女の子ちゃん〟が、（きたあああああああ！）と歓喜の声をあげた。

様々な占いを体験してきたが、こんなエクスタシー、感じたことがなかった。


「では、この葉に書かれたあなたの運命を、きちんと書き起こしてきます」

そう言い残して、ナディ・リーダーは奥へと消えた。

「すごい！　すごいすごいすごい！　アガスティアの葉って、本物だったんですね！」

僕は横にいるギータさんに、荒い鼻息をかけた。この感動を、共有したかった。

「そうですねえ」

ギータさんは、あくまで落ち着いていた。仕事で何度もこのアガスティアの葉に立ち会っているから、こんな奇跡のような出来事も、彼女にとっては慣れっこなのだろうか。

「ソウヘイさんが喜んでくれたのなら、あたしも嬉しいです」

そういって微笑むギータさんの言葉には、どこか含みがあるように感じた。


しばらくして、ナディ・リーダーが一冊の冊子を抱えて戻ってきた。

僕の葉に書かれていた運命、それを詳細に書き写してきたものだという。

冊子を開き、彼は流れるように淡々と僕の運命を伝えてきた。

将来、仕事でどんなことが起こるか。何歳にどんな病気に悩まされるか。どうすればお金をもっと得ることができるのか。エトセトラ。

さっきの自分の葉を発見したことによる高揚感、その効果によって、ナディ・リーダーが読み上げる未来の運命はすべて真実だと受け取る〝女の子ちゃん〟がいた。

最後にナディ・リーダーは、こんな質問をしてきた。

「あなたの死ぬ日時まで書かれていましたが、知りたいですか?」

ごくり。唾を飲んだ。

どうしよう。死ぬ日時まで知れる占いなんて、滅多に、ない。でも、怖い。きゃー、でも知りたい、どうしよう。どうする？　どうしよう。

〝女の子ちゃん〟と心の中で軽いミーティングをしたのち
「あの、ソフトな感じで、さわりだけでいいので、教えてください」

とお願いした。ギータさんが横でくすっと笑った。

「わかりました。あなたは七五歳で、脳の病気で死にます」

思ったよりもハードな感じで伝えられたので、ちょっと慄《おのの》きつつ、礼を述べて、謝礼を支払った。三〇〇〇ルピーだった。


外に出ると、まだバンガロールの日は高く、ぬめっとした暑さが襲ってくる。

ここでギータさんとの契約はおしまい、あとはこのまま空港に向かって、僕は日本に帰るだけだった。

するとギータさんが、僕にこんなことを尋ねてきた。

「ソウヘイさん、まだお時間ってありますか？」

「え？　ええ。飛行機は夜の便なので、まだ余裕はありますが」

「そうですか。あの、ソウヘイさん。あなたは、インドの占いのこと、もっと知りたいですか？」

「……はい、まだまだわからないことだらけですから」

「では、あたしの家にいらっしゃいませんか？　占星術を勉強している妹がいますから、彼女に色々と話を聞いてみては？」

正直、あんな衝撃的なアガスティアの葉を体験したあとでは、占星術などお粥《かゆ》のような存在に思えた。味が感じられるのか、自信はなかった。しかしギータさんが、ここからはビジネス抜きで僕を誘ってくれたのだ。断る理由もない。それに賢いギータさんのことだ。きっとなにか考えがあるに違いない。

僕はその親切な提案に甘えることにして、ギータさんの家へと向かった。


ギータさんの家では、妹さんのターシャさんと、お母さんが僕を迎えてくれた。お母さんは、八〇歳を超えているそうだ。

「お父さんはお仕事ですか？」

そう尋ねるとギータさんは
「いいえ、父は三週間前に亡くなりました」

と答えた。初めてギータさんの聡明な顔に、少しだけ痛みのあるものが差した。

「……そうですか、それは、悲しいことですね」

僕がそう言うと

「いいえ、悲しくはありませんよ。父は自分の人生を生きました。だから、とても自然な顔で亡くなりました。そして父は、いまあたしたちの中で生きています。悲しいことは、ありません」

とギータさんははっきり言い切り、また微笑みを戻した。

「そこに座ってください。さあ、まずはチャイをどうぞ」

ターシャさんは、突然現れた僕に対して穏やかな笑みを絶やさぬまま、優しい声をかけてくれた。

お母さんのほうは、まだ旦那さんを亡くした虚無感をぬぐえていないのか、部屋の隅に座って、天井をただ見つめていた。ギータさんは、どこかニヤニヤと笑いながら、ソファに寝そべり僕とターシャさんのやり取りを眺めている。

「占星術に興味があると姉から聞きました。あなたのことを占ってもいいですか？」

もちろん、と答え、ターシャさんに聞かれるがままに生年月日を述べる。占星術に必要なのは、生年月日だけなのだという。本当は生まれた時間、それも何分何秒にどこの場所で生まれたかまでわかっていたほうが、より正確な占い結果が導き出せるという。

うん？

なにかがひっかかった。

そういえば、アガスティアの葉も、最初は生年月日だけ聞かれたぞ？

その生年月日を基に、ターシャさんがノートPCで僕のホロスコープを作っていく。僕の生まれた日の星の位置、そこから今後、どのようなことが起こるのかを当てていくのだという。

ターシャさんが、僕の未来を予言していく。

今後は、旅の仕事が多くなる。興味の赴くままに、旅に出かけてください。

四一歳の時に、過労で体調を崩して病気になる。どうか太陽をたくさん浴びてください。

三五歳以降、あなたはお金に苦労することはなくなります。

その予言を聞いて、僕はぎょっとした。

アガスティアの葉の館で言われたことと、寸分たがわない予言だったのである。

え？　なんで？　え、これなに？　なにが起きているの？

〝女の子ちゃん〟が混乱した。僕も、混乱した。

極めつけは、ターシャさんによる最後の予言の言葉だった。

「七五歳になった時、脳の病気に気をつけてください」

これも、アガスティアの葉に書かれていたことと、ばっちり合致していた。どういうことなんだ、これは。

整理がつかないまま、ターシャさんの占星術は続く。

ふと、「あら面白い」とターシャさんがPC画面のホロスコープを眺めながら、つぶやいた。

「あなたの中には、女性がいるのね」

え？と驚いた。

僕の中に、女性がいる？

それって、まさか〝女の子ちゃん〟のことか？

僕は、自分の中の〝女の子ちゃん〟を自覚している。しかし他人からここまではっきりと指摘されたことは、いまだかつてなかった。

「それって、僕の中に、女の子の人格が潜んでいるということでしょうか……？」

おそるおそる、尋ねてみた。

「そういうことじゃないわよ」

ターシャさんは笑って、こう答えた。

「だって、男性って、本質的には、女性でしょ？」

まだまだターシャさんの話を聞いていたかったが、残念なことにここで帰国の時間が訪れた。

ギータさんとターシャさんに何度もお礼を述べる。ドライバーさんが空港まで僕を送ってくれることになった。

「ひとつ、頼みがあるのですが」

ギータさんが申し訳なさそうな顔を浮かべた。

「あたしの母は、最愛の人を亡くしてから、ずっと家でふさぎ込んでいます。一緒に車に乗せて、少しドライブさせてやってはくれませんか？」

僕はもちろんそれを快く了承し、ギータさんたちのお母さんと一緒に、車へと乗り込んだ。

空港までの道中、お母さんはじっと車窓の景色を眺めていた。旦那さんとかつて歩いた道を見ながら、たくさんのことを思い出しているのかな。そんなことを想像した。

すると突然、お母さんが僕のほうを向き、なにか話しかけてきた。インドの言葉だ。僕にはまるで理解できない。するとドライバーさんが拙い英語で助け船を出してくれた。

「インドはどうでしたか？　と尋ねています」

「インド、ですか……」

僕はしばらく考えてから、こう答えた。

「インドは僕にはとても難しい場所でした。理解を超える出来事が、たくさんありました。いまでも、どう捉えていいかわからないことだらけです」

するとお母さんは微笑んで、こんなことを言った。

「大丈夫ですよ。きっと、いつかわかります。考えることを、どうかやめないでくださいね」

空港に着いて、お母さんとドライバーさんに別れを告げた。お母さんは、初めてそこで笑顔を見せてくれた。

「どうか、あなたのこれからの旅が、幸せなものでありますように」

お母さんは、僕のために、手を合わせて祈ってくれた。


日本へと帰る機内の中で、僕の頭はまだ混乱したままだった。

アガスティアの葉の館で体験した、神秘的な出来事。そして、ターシャさんの占星術による結果が、アガスティアの葉に書かれていたことと見事に一致していたという謎。

興奮を引きずり、頭がポーッとしてしまい、どうにも思考がまとまらない。

「考えることを、どうかやめないでくださいね」

飛行機が、日本へと近づいてきた。一睡もできぬまま考え続けたが、答えの尻尾を掴むこともできなかった。

ようやく空港へと着陸し、僕は久々に日本の空気を吸った。

ああ、なんて長いこと、インドにいたのだろう。

電車に揺られて、実家を目指した。インドでのハードな日々に心身ともに疲れ切っていた僕は、とにかく安心できる環境で、すぐに布団に倒れ込みたかった。あと、スパイスの効いていないたべものを、口にしたかった。

朝八時の地元の駅前は、出勤で急ぐ人の波ができていた。その波を逆流しながら、僕は家へと歩いていく。

途中、神社を横切る。パワースポット中毒の僕にとってそこは、最もよく通う身近な「聖地」であった。

誰かが鳥居の前で参拝している。その後ろ姿に、見覚えがあった。

それは、僕の母親だった。

出勤前の母親が、熱心に、なにかを祈っている。

きっと、家族の安全や健康を祈っているんだろうな。その母親の姿を眺めながら、ぼんやりとそんなことを想像した。

もしかしたら、僕の旅の安全を祈っているのかもしれないな。母親は、僕がインドにひとりで行くことを、とても心配していたものな。


ふと、普段は感じない、妙な想いがよぎった。

それは、母親に対する、感謝の念であった。

産んでくれてありがとう。

ナチュラルにそんな想いを抱いた自分に、驚いた。どうしたんだ、自分。インドに行ったことで、本気で心が浄化されでもしたのか。まさかの事態に引きつつ、それでも母親への感謝は溢れて止まらなかった。

どんなに旅をしても旅をしても楽しいことの尽きないこの世界を、僕に与えてくれてありがとう。

(やっべぇ！　マザコンかよ、おい！)

〝女の子ちゃん〟が僕をひやかしてきた。


ふと、ギータさんの言葉を思い出す。

「ひとりひとりの人間の中に、神様は存在しています」

僕の中には、〝女の子ちゃん〟が住んでいる。〝女の子ちゃん〟は、僕の神様なのだろうか。

いや、待て待て。僕の心の中には、〝女の子ちゃん〟の他にも、たくさんの人が住んでいる。友だちがいて、兄弟がいて、父がいて、そして母親が住んでいる。僕は、たくさんの人の一部によって、作られている。

僕にとっては、大切な人たちすべてが、神様なんだ。

「そう思うんだけど、キミはどう考える？」

尋ねると、〝女の子ちゃん〟はドライに笑って
（さあね、わからない。とにかく早く家に帰って、脚のむくみをとりたい）

とだけ言った。

男のほうがロマンティストで、女のほうが現実主義なことは、往々にしてよくある。まあ、もう、なんでもいいか。男とか女とか、もうどうだっていいじゃないか。この先に続く旅が楽しければ、それでいいじゃないか。

そんなことを思った。

そして母親の背中に声をかけ、無事に日本に帰れたことを報告し、僕のインド旅はようやく終わったのである。

旅のあとさき

旅が終わったあとは、いつだって呆けてしまう。

楽しかった出来事を思い返し、いつまでもその非日常の延長線の中で、たゆたう。

それにしても、今回のインドの旅の終わりは、いつにも増して、僕をぼんやりとさせていた。すべては、アガスティアの葉の衝撃の余波によるものだった。

（この世には、人智の及ばない、聖なる世界が存在するのね……）。〝女の子ちゃん〟はすっかりとインドの神秘世界に魅了され、僕を近所の体育館で実施されているヨガスクールへと通わせようとするほどだった。

しかしながらも、日本での生活をまた少しずつ取り戻していくうちに、次第に頭は冷静になってきた。そして、なにかに気がつかなければいけないという無意識からのメッセージが、僕に届いた。

アガスティアの葉、あれはいったい、なんだったのだろう？

しかし、考えても考えても、その正体を繙《ひもと》く入り口にすら辿り着けず、ただただインドの旅の中で撮った写真たちを眺める時間だけが過ぎていく。そのうちに、インド以外の、かつて訪れた旅先の人たちや場所を思い出したりする。

出雲大社で出会った、あの焚き火の臭いのするおじさんは、今日も誰かに声をかけているのだろうか。

イタコ取材で同行した一柳さんは、あれから占いに興味を持つようになったらしい。一柳さんの中に眠っていた〝女の子ちゃん〟が、イタコをきっかけに目を覚ましたのかもしれない。

京都の知恩院の宿坊は、いまでは立派なホテルのような建物にリノベーションされたという。もうああいった怪奇現象は、起こらないのだろうか。

ボルネオでガイドをしてくれたエモリは、どうやらガイドの職をやめて、コタキナバルの街でいまは普通の勤めをしているらしい。ずっと大自然に囲まれた生活が、彼には合わなかったのだろうか。

ハンピで出会った、三人の青年たち。彼らとは旅から帰ってすぐにフェイスブックでつながり、時折近況報告を交わしている。とおるくんは、まだ世界一周の旅を続けている。彼らとまたどこかで出会いたくもあり、出会いたくなかったりもする。

タイのアユタヤの人たちは、今日もぬるい感じで生活を営んでいるのだろうか。タイムズスクエアで出会った北欧の彼女は、僕にハグされたことをもうなかったことにしているのだろうか。ベトナムのダムセン公園は、今日も無人の景色が広がっているのだろうか。

なんだか誰かと、とりとめもなく旅の話がしたくなった。そこで僕にベトナムを勧めてくれた黛さんに連絡を取り、久しぶりに食事へと誘った。

黛さんと都内のベトナムレストランで顔を合わせ、ベトナムの遊園地で起きた出来事や、インドの暗い夜のトラブルなど、旅の中での様々な思い出を話した。

旅の話が一息つくと、話題は黛さんと僕の共通の知り合いである男の人の話題へと変わった。

彼は僕の仕事仲間で、重度のパチスロ好きである。先日など彼は、あまりにもパチスロに熱中しすぎて、僕との約束をすっ飛ばしたりした。「玉が止まらなくて……」と彼はのちに言い訳をした。

彼は黛さんの後輩でもある。僕の愚痴を黛さんは申し訳なさそうに聞きながら、こうつぶやいた。

「男の人って、どうしてあんなにパチスロが好きなんですかねえ……」

ほんとほんと、よくあんなものに熱中できるよねえ、パワースポットとか甘い物とかにもっと興味を持てばいいのにねえ、男子ってやあねえ、などと〝女の子ちゃん〟を顕現させながら喋っていると、黛さんはさらにこんなことをつぶやいた。

「まあ、あのパチンコ屋の音の洪水の中にいると、頭が真っ白になってしまって、他のことが考えられなくなるんでしょうね。で、たまに当たりが来ると、興奮を感じてしまうという」

その瞬間、パッと頭に閃《ひらめ》くものがあった。

もしかして、アガスティアの葉には、こんな裏があったんじゃないのか。

二時間かけて行われた、質問タイム。

そのほとんどが「NO」としか答えられない、単純作業の時間。

人間は、同じことを繰り返し繰り返し行っているうちに、頭の中が真っ白になるという。

事実、僕はあのアガスティアの葉の館において、「NO」「NO」「NO」と言い続けているうちに、頭が呆然としていた。

そして、その自失状態の中で、僕は時折「YES」と答えていた。しかし、なんの質問について「YES」と答えていたのかは、全く記憶にない。そのあとすぐさま再び「NO」の大群に襲われて、自分が何を答えて何を答えていないのか、記憶がすっ飛ばされているのである。

つまり、あれは、洗脳に近いものであったのではないか。

単純作業によって、相手の頭の中をゆっくりと漂白していく。軽い催眠状態に陥った相手から、悟られないように小刻みに情報を引き出していく。そしてその情報を引き出した痕跡を、また単純作業によって消していく。

そう考えてもう一度、頭をぎゅっと絞ると、あの質問地獄の中で

「はい、父はバイクのエンジニアです」

「母は幼稚園の先生をしています」

と答えたような記憶が、おぼろげにだが残っていた。

そうやって、ホワイトアウトしかけた相手の前に、突然に「大正解」をドンっと提示する。質問の中で得た情報をパズルのように当て込み、それをあたかも前もってその葉に書かれていたかのように、読み上げる。

相手は苦しい時間を経た先に突然現れた「真理」に飛びつき、そこで無上のカタルシスを得る。

もしかしたら、これがアガスティアの葉の裏にある、仕掛けなのではないか。

では、あのあとに冊子に書き写された未来の予言は、なんだったのか。アバウトに作ったものだったのか。

いや、それはおそらく、占星術によるものだったに違いない。

館の受付で、僕は生年月日だけをメモ用紙に書かされた。占星術に必要なのは、生年月日だけ。

つまり、アガスティアの葉の占いとは、結局は占星術なのだ。オープニングショーとしてソフトな催眠術で客の名前を当てて、そこからあとは占星術で手堅く占っていくという、そういう構成のエンターテインメントだったのだ。

だから、ターシャさんによる占星術の結果が、アガスティアの葉のそれと合致していたのである。

とりあえず、僕はアガスティアの葉について、そんな見解を持った。

（うーん、でもそれだけじゃ説明できない神秘体験だったけどなぁ）と、〝女の子ちゃん〟が口を尖らせた。

うん、たしかにそうだ。アガスティアの葉には、まだまだ奥の奥が潜んでいそうな気がする。

それに。たとえトリックだとしても、この手の込みよう。いったい、いつの時代からそんなトリックを確立していたのだろうか。感心すら覚える。

僕はインドの奥深さに改めて感動し、わけのわからなさにまたしても舌を巻いた。

こんどはインドの手相占いに挑戦してみたいな。〝女の子ちゃん〟は、インドのことが、まだまだ気に入っている様子だった。

旅は、どこまでも続く。
僕は〝女の子ちゃん〟と、これからも旅を、続けていく。

あとがきにかえて　〝女の子ちゃん〟によるポエム

居心地のいいカフェを見つけた
嬉しいな
ホフディランのCDが流れていた
また来週の日曜日にいこうっと

ひとりで吉祥寺をぶらぶら歩いてみた
新しいパンケーキ屋さんができていた
かまずに口の中で　溶けていく柔らかさ
外国人俳優のような店員の横顔に　ドキッとした

金木犀《きんもくせい》のにおいは　すきな季節のよかん
自分が自分でなくなるような
そうだ　桂花《けいか》陳酒《ちんしゅ》を飲もうっと

ああ　金沢にいきたいな
兼六園でお抹茶　のむんだ
気《け》多《た》大社《たいしゃ》にもよってみたい
あれに見えるは金沢城　加賀百万石の忘れ物
早く　早く　誰か迎えにきてあげて
北陸版の『ことりっぷ』を　大好きなあの本屋で探そうっと

つまらない夜がおわって
はやく明日がこないかな
ルミネで新しい靴買って
あそこのカフェでコバルト文庫を読もうかな

三連休はどこにいこうかな
マイナスイオンをたくさん吸いたいな
高尾山のビアガーデンも気になるゾ
どこにだっていけるんだ

新しい靴で　どこにだっていけるんだ
いつだって退屈をもてあましている
退屈なんて　だいきらい
カワイイものに囲まれて暮らしたい
実家から送られてきた桃は　なつのにおいがしました
お母さんが神社で祈ってるところをみた
自分もお母さんのことを祈ろうとおもった
ぼくと〝女の子ちゃん〟のたびが　これからも楽しいもので　ありますように

〈著者紹介〉
ワクサカソウヘイ
1983年生まれ。文筆家。小説からコラム、脚本までその執筆活動は多岐にわたる。またコント作家・芸人として、コントカンパニー「ミラクルパッションズ」にも参加。主な著書に『中学生はコーヒー牛乳でテンション上がる』(情報センター出版局)、『今日もひとり、ディズニーランドで』(イースト・プレス)などがある。

女の子ちゃん
ワクサカソウヘイの中にいる、女子的な人格。カフェラテや可愛い雑貨などを好む。旅が好きで、愛読書は『ことりっぷ』。吉本ばななも好き。BLにもちょっと興味がある。

男だけど、
2015年10月20日　第1刷発行

GENTOSHA

著　者　ワクサカソウヘイ
発行者　見城 徹

発行所　株式会社 幻冬舎
〒151-0051 東京都渋谷区千駄ヶ谷4-9-7

電話:03(5411)6211(編集)
03(5411)6222(営業)
振替:00120-8-767643
印刷・製本所:株式会社 光邦

検印廃止

ISBN978-4-344-02844-9 C0095
幻冬舎ホームページアドレス　http://www.gentosha.co.jp/

この本に関するご意見・ご感想をメールでお寄せいただく場合は、
comment@gentosha.co.jpまで。